Erzähle was von Afrika...

KUPFER &

KAKERLAKEN

AF189930

Gelebte Geschichten aus dem Süden

Afrikas

in den Jahren

1969 – 1973

von

Oskar Steinmair

© 2019
Herstellung und Verlag:
BoD – Books on Demand,   Norderstedt.
ISBN: 9783749434589

Aus dem Inhalt

Vorwort:

If you go fast – go alone
If you go fare – go together

oder in Deutsch etwa

Wenn du schnell sein willst, reise allein,
wenn du aber weit reist, mach es zu zwei`n.

Dieses Buch soll eine Dokumentation von vergangenen Erlebten, aber auch von ganz aktuellen Ereignissen in Afrika sein. In den Jahren der Jugend kann und hat man meist andere Ansichten und Absichten, die im Alter sehr oft korrigiert werden oder sich überhaupt ändern. So stand bei mir in den jüngeren Jahren die Abenteuerlust und das Geld verdienen im Vordergrund und heute kommt - zumindest bei mir ist es so, die soziale Ader dazu, die begleitet wird von der Sehnsucht, die Natur und die Menschen in Afrika zu erleben, die mit dem Wenigen, das sie haben zufrieden und ausgeglichen sind.
Mit dieser Einstellung und Absicht ging´s in Richtung des fremden Kontinents, und das nicht immer mit positiven Erlebnissen.
Im September 1969 begann (für mich) der Flug in die neue Welt. Viel Theorie im Gepäck, auch Praxis war dabei, aber mit dem fehlenden Rüstzeug der

Improvisation, das ich mir erst aneignen, also erst erwerben musste. Hier in dieser für mich noch fremden Gegend konnte man nicht ins nächste Geschäft gehen und das Fehlende einfach kaufen. So etwas gab es in diesem Bereich des neuen Kontinents nicht, man hatte mit dem vorlieb zu nehmen, was vorhanden war – und das war nicht so üppig. Da hieß es einfach, selber irgendwie machen…

Wir waren Ausländer in diesem neuen Land – gesucht zwar, weil technisch gebildet – aber eben keine Einheimischen, und so wurden wir zum Teil auch angefeindet.

Die erste Station war die größte Stadt Südafrikas – Johannesburg (heute die gefährlichste, kriminellste Stadt der Welt) – wo der neue Einstieg in die Arbeitswelt stattfand.

Es war der Beginn des täglich stattfindenden Abenteuers, ein Leben mit Spannung und Abwechslung und neuen Erkenntnissen. Was man in dieser Fremde in einem Jahr kennenlernt und auch erlernt, lässt sich in unseren Breiten nicht in 10 Jahren erlernen. Es war die tägliche Herausforderung, vor allem wenn man hinausging in das wilde Land, in den Ursprung Afrikas.

Nicht gerade angetan von der zu dieser Zeit herrschenden Apartheitspolitik und der neuen anderen (Un)-Kultur Südafrikas. Es wird versucht, mit den dort weißen Eingeborenen (die schon Generationen zuvor ins Land kamen) eine Art von Heiratsverkuppelung zu betreiben.

Ich hatte ein relativ bequemes und angenehmes Arbeitsklima, machte doch der kleine Mann von der Straße, der Schwarze, die ganze Drecksarbeit, aber für ein ruhiges und kommodes Leben war es zu früh für mich. Ich wollte mehr und zog weiter – vorläufig in den Südwesten, dem heutigen Namibia.

Ich hatte einen Bekannten dort, ein einflussreicher Österreicher und Mineraloge (er war auch Bürgermeister von Karibib) – Dr. Berger. Dieser hatte etwa 40 Schürfstellen und Minen (Bergwerke) unterschiedlichster Art (Lithium, Uran, Gold, andere Erze und verschiedene Edelsteine etc.) – er offerierte mir einen Job in Karibib, den ich letztlich nicht annahm, weil für einen jungen Menschen diese karge trostlose und wüste Gegend zu einsam war. Die Jugend war in den Schulen in den Städten, also war Karibib „jugendfrei". Aus heutiger Sicht befindet sich dieser Landstrich in einem der wenigen Länder, die weitgehend unberührt sind und noch eine intakte Natur aufweisen – bei erträglichen Klimaverhältnissen.

Ich zog weiter nach Windhoek, der Hauptstadt von Namibia mit etwa 200000 Einwohnern.

Ich machte auch einen Abstecher nach Angola, wo es auch die damalige Untergrundorganisation SWAPO gab, mit der ich auch einige Begegnungen hatte, aber davon will ich nichts erzählen.

Ich verbrachte einige Zeit im heutigen Namibia, dem ehemaligen deutschen Südwestafrika, welches Jahrzehnte unter südafrikanischem Protektorat stand, das die politische Verpflichtung hatte, nach der Gesetzgebung Südafrikas zu handeln.

Also etwa 40 Jahre später war ich wieder hier und war nach wie vor fasziniert von diesem Land. Namibia feierte zu dieser Zeit die 20-jährige Unabhängigkeit von Südafrika.

Das Leben damals allerdings war noch geprägt von der Apartheitspolitik der südafrikanischen Buren, dh. Rassendiskriminierung stand auf der Tagesordnung. Und – man musste vorsichtig sein in seinem Umgang mit andersfärbigen Menschen. Heute ist es gottlob anders, aber gewisse Keime versuchen immer zu wachsen.

Namibia – das Land ist sicher, man fühlt sich wohl und kann, obwohl die Amtssprache Englisch ist, weiterhin in Deutsch sprechen und natürlich auch Afrikaans. Mittlerweile ist Deutsch auch die zweite Amtssprache dort. Und man erlebt auch deutschsprachige Überraschungen.

Die deutsche Kultur um die letzte Jahrhundertwende ist noch gegenwärtig. Ein Land in der ältesten Wüste der Erde, staubtrocken und auch regional über Jahrzehnte ohne Regen. Für mich trotzdem eines der schönsten Länder der Erde. Die deutsche Gründlichkeit der einstigen Kolonialmacht sorgte für Ordnung und sicherte das wichtige Überlebensgut – Trinkwasser für alle.

Ein alter Herero sagte einmal zu mir: „Wir haben uns schwer bekämpft, aber wir haben viel von euch gelernt und trotzdem unsere Kultur beibehalten – und das ist das wichtige Resultat dabei."

Später zog es mich weiter, immer mehr von Afrika zu erfahren. Meine berufliche Laufbahn verband mich mit häufigem Standortwechsel. So durchwanderte ich das damalige reiche und fruchtbare Land Rhodesien, das heute das abgewirtschaftete Simbabwe ist, und landete für insgesamt einige Jahre in der damals noch jungen Republik Sambia, wo mein Leben im Instand-haltungsbereich des Bergbaus angesiedelt war.

Soweit die Entstehungsgeschichte, um meine Sympathien und das Engagement für Afrika zu erklären. Es wurde und wird weiterhin vieles falsch gemacht, aus Gründen der Macht, der Bereicherung oder der Gedankenlosigkeit und Kurzsichtigkeit mancher einflussreichen Personen.

Und deshalb überwiegt für mich heute vorwiegend die humanitäre Hilfe in übervölkerten und armen Gebieten in Afrika. Es herrscht sehr oft bittere Armut, aber überschwänglicher Lebenswille. Aber sehr oft fehlt einfach die notwendigste Bildung, um Erarbeitetes erhalten zu können. Deshalb setze und setzte ich die

Schwerpunkte vorwiegend auf Gesundheit und richtige Ernährung und gute Standards in der Bildung. Sie sind die Grundpfeiler, um der Bevölkerung dort ein Überleben zu sichern. Leider fallen weiterhin die Ausbeuter (Großkonzerne, Glaubensritter und Geldnationen) wie Heuschrecken in diesen Kontinent ein und „plündern" im wahrsten Sinne des Wortes diese in der Entwicklung steckenden Länder und entfachen Unruhe und letztlich Kriege.

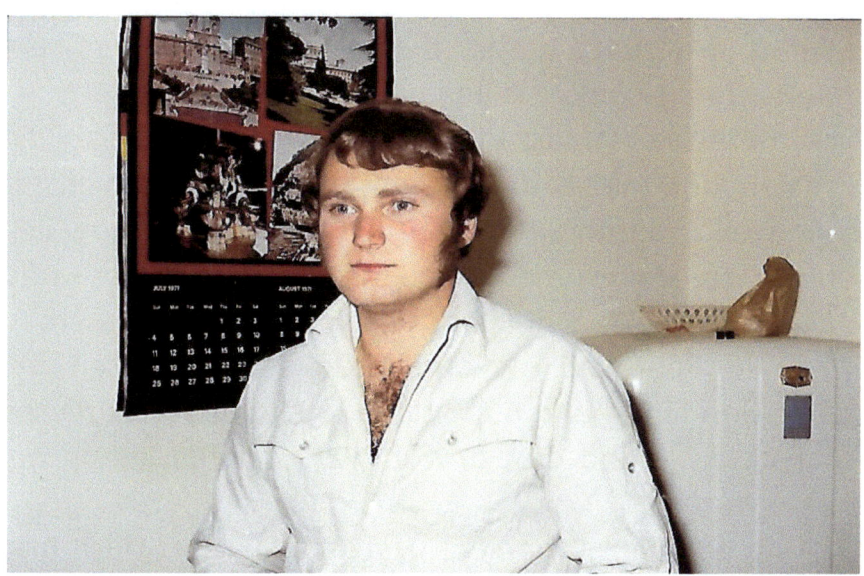

Oskar Steinmair noch als Greenhorn, in den ersten Jahren in Afrika (hier in Chingola, Sambia)

Eine Weihnachtsgeschichte, die keine ist

Eigentlich stand Weihnachten vor der Tür, aber man merkte wenig davon. Zumindest hier in Südwestafrika – dem heutigen Namibia – in Windhoek war nichts zu sehen, was den Anschein eines Weihnachtsfestes erweckt hätte, denn das Land war so kahl und ausgedörrt wie eh und je – und dennoch reizvoll. Es hatte ja jahrelang nicht geregnet. Lediglich ein Symptom deutete darauf hin, dass etwas anders sein musste und sich vom Alltag unterschied.

Die Betriebe schlossen für etwa einen Monat die Pforten und die Leute hatten – mehr oder weniger ungewollt – ihren Urlaub anzutreten. Man verzog sich an die Küste, um die kühle Brise des Atlantiks – und seine lebhafte Beach – über sich "ergehen" zu lassen.

Mein Kumpel und ich arbeiteten zu dieser Zeit bei derselben Firma und nun ereilte uns unerwartet dieses „Schicksal" – und das, obwohl wir ohnehin knapp bei Kasse waren.

Er, ein Schweizer namens Herbert Walser, dürr und baumlang gewachsen, mit Bart; einen Bart trug nahezu jeder zweite Schweizer hier – wahrscheinlich wegen des Tell-Gelübdes. Ich, ein „fester Knopf", wie eben ein typischer Österreicher sein muss.

An Herbert sah ich nie andere Kleidungsstücke als Shirts und kurze Hose (vermutlich seine einzige Ausrüstung). Ein sich im Zustand der Schrottreife befindliches Gefährt der Marke „VW Käfer" krönte seine materielle Existenz. Zusammen gesehen ergaben wir ein Paar mit Seltenheitswert – wie Don Quijote von la Mancha und dessen kleiner, etwas rundlich gewachsener Diener Sancho Pansa.

Was also tun in der Weihnachtszeit? Sprach nicht nur Zeus. Auch wir waren in der Verlegenheit, die „Gelegenheit" beim Schopfe ergreifen und ohne Geld Urlaub machen zu müssen. Was tun also ein Schweizer und ein Österreicher, wenn die Firma über die bevorstehenden Feiertage und darüber hinaus die Tore verriegelt? Die Stadt Windhoek gähnte vor Leere und die Masse räkelte sich und versumpfte im Alkohol an Stränden, wie Swakopmund, Walvis Bay, - und ganz Reiche sogar in Durban oder Kapstadt, manche sogar in Europa.

Dem Einen sein Wasserski, dem andern sein alpiner Ski und vielen nur der Après-Ski.

Richtig geraten! Ein echter Schweizer und ein Austrianer fahren in die entgegengesetzte Richtung, an die auch niemand nur im Traum daran denkt, noch dazu in der heißesten Zeit. So knapp vor der Regenzeit sattelten wir unsere „Rosinante", diesen alten Klepper, und zogen gen Angola. Die Federn der Sitze allerdings versuchten, dem Überzug zu entrinnen, die

Motorhaube ging bei jeder Bodenerhebung auf und fiel dann dröhnend ins Schloss – ohne zu halten – und ging bei der nächsten Bodenwelle wieder in die Höhe.

Es war an einem 18. Dezember (genau der 18.12.1969): Mit Kameras, Filmapparatur und Filmen ausgerüstet sowie Ersatzunterhose und Reisezahnbürste bestiegen wir unsere Kiste. Mit viel Liebe widerfuhr unserem Karren täglich eine Luftfilterreinigung, damit die „Atemwege" des Fahrzeugs – das sogenannte „Lüngerl" – wieder richtig arbeiteten. Für Ölwechsel allerdings fehlte es an Überzeugungskraft – sprich Kleingeld! Was du selbst kannst, lasse keinen anderen tun, es sei denn – er tut es umsonst. Einige Kilometer konnte der Wagen doch noch verkraften, es waren ja nur 158.000 auf dem Tacho, wenn das überhaupt noch stimmte. Jedenfalls lief er.

Mit der Tageshitze verließen wir, nachdem wir unsere Konten bis zum „Geht-nicht-mehr" plünderten, die Brötchengeberstadt Windhoek in Richtung Norden dem Äquator zu. 58 Meilen bis zur Abzweigung nach Swakopmund, wo auch das gemeine Volk hinfährt, nach Okahandja. Hier kurz getankt, ein Bierchen gekippt (schließlich sind wir ja keine Kostverächter) und weiter über endlos gerade Straßen, die sich über 15 Meilen hinziehen können. Kein Verkehr, höchstens ein Strauß oder ein Gnu kreuzen den Weg, umso überraschender ist es, wenn man einem Auto begegnet.

Nächstes Ziel am Weg war Otjiwarongo. Eine Steppenstadt ohne besonderen Reiz. Gebaut wie eine Wild-West-Stadt, links eine Häuserreihe, Gangway überdacht, Straße, rechts Häuserreihe mit Gangway, einige Seitengassen, aus. Gähnende Leere um die Mittagszeit. Kein Grund anzuhalten.

Der nächste Halt war erzwungen – von unserer Rosinante – sie wollte nicht mehr. Ein Konsulatsfahrzeug der deutschen Bundesrepublik nahm uns ins Schlepptau und in Otavi, der nächsten Stadtsiedlung, ließen wir einen Einheimischen ans Werk gehen. Nachdem wir ihm in Englisch zu erklären versuchten, was unserem wackeren Fahrzeug zu fehlen schien, - fragte dieser Schwarze auf gut Bayerisch: „Und was hot`s wirkli?" und nach einem „Scheißklump verreckts" lief sie wieder, wahrscheinlich waren die heimatlichen Urlaute schuld daran. Nach der Frage, wo er den Bayerisch gelernt hätte, antwortete unser Freund, dass sein ehemaliger Bwana (Herr) ein Bayer gewesen sei, dem er 20 Jahre zu Diensten gestanden habe.

Nun – dies hätten wir überstanden! Unsere Kiste lief weiter, und unser nächster Ort, den wir passierten und um den wir uns nicht weiter kümmerten, war Tsumeb. Unser Weg führte weiter an den Grenzort Ondangna, doch bis dahin war es noch weit und wir hatten bereits die kommende Nacht vor Augen. Es fehlte bloß noch ein Quartier. So kam es, dass die Nacht in der Nähe des

Unsere Rosinante in „fachmännischer Hand"

Tierreservates „Ethosha Pan" im Norden von Südwest hereinbrach. Die Etoscha Pfanne, eine größere Wasserlache, die in der Regenzeit die Größe eines Neusiedlersees erreichte. In dieser Zeit jedoch war sie fast ausgedörrt, aber dennoch enorm groß. Dieses Reservat war an sich zu dieser Zeit geschlossen. Wir gedachten aber dennoch zu nächtigen. Obwohl es verboten war, sich hier geruhsam am Ufer niederzulassen, schlugen wir nichtsdestotrotz unser Feldbett auf. Wir hatten ja nur eins, kippten noch ein Bier oder zwei, das wir wohlweislich noch zu unseren

Schätzen zählten und entschlummerten sanft. Der eine auf dem Feldbett, der andere bequem auf dem Rücksitz eines VW-Käfers – unserer Rosinante.

Ein jähes Brüllen störte den Abendfrieden und scheuchte unsere sensiblen Gemüter auf! Mit einem Satz waren wir beide im VW, verriegelten in höchster Eile die Türen - zwei vor „Mut" zitternde Gesellen in einem „Schlafzimmer" von zweifelhaftem Komfort. So verbrachten wir den Rest der Nacht. Viel später konnten wir uns erst überzeugen, dass die Wasserlache in dessen Nähe wir campierten, vermutlich als Resonanzkörper gedient hatte – mit dieser Erklärung haben wir uns beruhigt und danach diesem „Urgeschrei" weniger Bedeutung beigemessen. Das Brüllen kam wohl von einem Raubtier, Marke Löwe, aber dieses war weit entfernt, wie überhaupt um diese Zeit sich die Tiere andere Gebiete suchen, um überleben zu können.

Am nächsten Morgen verließen wir hellwach und unausgeschlafen die „Stätte des Grauens" und näherten uns der Grenze zu Portugal – Angola.

Bereits die Staubstraßen im Norden des Landes gewohnt, erfasste uns nach Passieren der südafrikanischen Grenzformalitäten ein leichtes Schaudern, als wir die kommenden Straßen von dem uns entgegenleuchtenden Schriftzug „Portugal" sahen. Mit einem Holpern pendelten wir langsam dem

Schlagbaum entgegen, wo wir vorerst einmal standen. Weit und breit kein Grenzposten.

Endlich schien die Erlösung zu kommen, doch wir hatten nicht mit der Bürokratie Portugals gerechnet. Hätten wir gewusst, dass mit etwas „Schmiergeld" die Formalitäten vereinfacht worden wären, hätten wir uns einen vierstündigen Aufenthalt erspart. Nachdem der Grenzer kein Englisch sprach und wir im Gegenzug kein Portugiesisch sprachen, wickelte sich das Ganze folgendermaßen ab:

Wir bekamen ein mehrseitiges Bündel von Fragebögen ausgehändigt. Diese Fragen waren in Portugiesisch abgefasst und daneben andeutungsweise in Englisch übersetzt. Nun hatten wir auch noch einige Schwierigkeiten mit den englischen Ausdrücken. Der Grenzer zeigte auf die portugiesische Frage und wir hingegen zeigten auf die nebenstehende, dazugehörige Antwort. Nachdem wir uns vom Geburtsdatum bis zur Klärung des Stammbaumes durchgearbeitet hatten, bekamen wir einen in portugiesischer Sprache abgefassten, zerknitterten Zettel mit der Aufforderung, uns beim nächsten Immigrations-Office in Pereira d`Eca zu melden.

Der Weg dorthin war wahrlich steinig und auch nicht leicht zu finden. Die Hauptstraßen unterschieden sich nicht von Nebenstraßen. Nach 40 Kilometern hatten wir unserer Rosinante einer rosskurähnlichen

Stoßdämpferprobe unterzogen. Die Motorhaube, die uns anfangs so lästig erschien, war mittlerweile zum ständigen Rhythmus-Geber geworden. Die Türen

Angola – Grenzstation, damals im Besitz Portugals

schienen förmlich aus den Angeln gehoben zu werden und wir selbst hätten besser daran getan, Helme aufzusetzen. Die sogenannte Straße war lediglich eine von einer Schubraupe ausgehobene Rinne. Einmal 40 km hinauf, einmal 40 km hinunter. In der Mitte war ein überfahrbarer Wall. Diese Furten waren aufgefüllt mit Schlier und Lehm und während der Trockenzeit steinhart und aufgerissen. Wehe dem, der hier in die Regenzeit geriet!

Pereira d`Eca ! Ein glanzvoller Name für ein stinkendes Dorf, dessen Straßen sich in nichts von denen im Busch unterschieden. Ein „Restorante" krönte den Marktplatz, wo wir nach langer Zeit wieder etwas Warmes in unsere „Löwengrube" bekamen. Von hier aus begaben wir uns zum Immigrations-Office, wo wir vorerst einmal warteten. Nach längerem Schmachten kam ein sichtlich in seiner Siesta gestörter Zollbeamter, der eine gute Figur in einem Italowestern abgegeben hätte. Nun vollzog sich die gleiche Prozedur wie an der Grenze und es kam noch eine Kaution für unser Gefährt dazu, die fast den Wert des Wagens überstieg. Mit der Kaution sank auch die Geldreserve in unseren Börsen.

Ganze umgerechnete öS. 1200,-- (heute nicht einmal 100 Euro) nannten wir unser Kapital. Unbeirrt setzten wir unseren Weg fort, nichts konnte uns aufhalten, nicht dies kärgliche Mahl, nicht die Grenzformalitäten und schon gar nicht die Kaution.

Humbe, den ersten größeren Ort, erreichten wir bereits gegen Abend und die Leute dort schienen nicht schlecht zu staunen, als wir mit unserem knatternden Karren die Ortsstraße passierten. Wir hatten den Eindruck, als würden die Leute nach längerer Zeit wieder einmal Fremde sehen.

Und so kamen wir zu nächtlicher Stunde in der ersten Provinzhauptstadt an – Sa de Badeira.

Nachdem wir uns in einer „Pensioa" einquartiert hatten, fragten wir nach Sehenswürdigkeiten der Stadt, und wir bekamen zur Antwort: „Gibt es an sich nicht, aber wir sind eine der wenigen Städte, die ein Bordell besitzen!" Dies war verständlich, denn Sa de Badeira war eine Garnisonstadt.

Mittlerweile hatten wir den 21. Dezember. Wir bestiegen an diesem Morgen bei sengender Hitze unser unermüdliches Schlachtross, und die Reise ging tiefer in den Busch zur nächsten Ansiedlung – Caconda. Die Straßen hatten sich mittlerweile gebessert und waren teilweise schon asphaltiert. Endlos dennoch, denn kilometerweit zog sich das Straßenband ohne Kurven oder Krümmungen durch das satte Grün. Die dichte Landschaft war hin und wieder aufgerissen durch ein Einheimischendorf der Schwarzen, aber man sah weit und breit keine solche Narren, wie wir es waren, denn niemand wäre bei dieser Hitze auf die Idee gekommen, auch nur einen Zeh aus den kühlen Gemäuern zu strecken.

Umso erlöster waren wir, als wir die ersten Ansiedlungen der nächsten Provinzhauptstadt Nova Lisboa zu sehen bekamen.

Nachdem man uns vorerst zu den Soldaten einquartiert hätte, was nicht unseren Erwartungen entsprach, bekamen wir doch noch unsere „Zweibett-Wanzenklause". Diese Stadt hatte schon sichtlich Anzeichen von Tourismus und dämpfte unsere Gelüste,

Stillende Mutter am Straßenrand bei brütender Hitze in der Mittagszeit

länger an diesem Ort zu bleiben. Nachts wenig oder fast gar nichts los und tagsüber – abgesehen von säugenden Müttern in den Straßen, nur Straßenhändler und Militär. Wir beschlossen, nicht weiter in den Norden Angolas vorzustoßen, sondern verließen Nova Lisboa noch am selben Morgen. Unser Weg führte über Teixeira da Silva durch dichten Busch in die Hafenstadt Lobito.

Der Weg schien schier endlos, aber alsbald bot sich ein phantastisches Bild. Man sah von einer Höhe von mehr als 1000 m die Hafenstadt Lobito, was in Folge für uns bedeutete. unsere Rosinante musste einen Steilabfall auf Serpentinenwegen bewältigen. Der Schein war trügerisch, denn so schön sich das Bild von oben wiedergab, so hässlich war die Stadt an sich. Abgesehen von einem regen Treiben am Hafen, bot sich in den hinteren Vierteln der „grandiose" Anblick einer öffentlichen Bedürfnisanstalt. Von dort dürfte dem Latrinen-Sitzer der Genuss des Blickes über das Meer bei der "Verrichtung seines notwendigen Geschäftes" in Entzücken versetzen. Mit anderen Worten, ein „Latrinenband zog sich neben der Straße am Felsenhang dahin und verbreitete eine Mischgeruch zwischen „Häuselduft" und Fischfabrikgestank mit leichtem Verwesungsaroma.

Verständlich, dass es uns nicht gelüstete, hier lange zu bleiben. Der heiße Tipp eines Portugiesen brachte uns in die nahegelegene Stadt Benguela.

Benguela ist eine reizvolle Stadt im Grünen und unser erster Weg war der zur Küste. Wir ließen uns am Strand häuslich nieder, schlichteten unsere Klamotten und wollten uns gerade unsere Zehen befeuchten, als wir bemerkten, dass uns schon längere Zeit ein mittelgroßer, schlaksiger Mann mittleren Semesters beobachtete. Nach geraumer Zeit kam er tatsächlich auf uns zu. „Entschuldigen sie bitte", sprach er uns in etwas zögerndem Deutsch an, „aber ich glaube, ich vermute sie kommen aus Südafrika – mehr noch – sie kommen aus dem Transvaal. Sie sind Deutsche – oder?"

„Na ja nicht ganz, ich bin Österreicher und er ist Schweizer", sagte ich. „Ach das tut nichts zur Sache, ich dachte mir schon, niemand außer Deutsche würden so vertrauensselig mit diesem Vehikel den weiten Weg in die Wildnis wagen, na ja, ich will ja niemanden nahetreten, aber dieses Auto hier….?"

„Schon in Ordnung, mein Name ist Oskar und das ist mein Kollege Herbert, wir machen Picknick hier im Grünen. Aber gestatten Sie mir die Frage, was verschlägt Sie eigentlich in diese Gegend? Arbeiten Sie hier?"

„Ja, ich bin hier Leiter der Zuckerrohrplantage, bin schon längere Zeit hier, genauer gesagt seit 12 Jahren, seit meiner Flucht aus Südwestafrika. Ich bin mit meiner Frau rüber gekommen, sie ist eine Coloured (Farbige) und sie wissen ja, in Südafrika ist die Apartheit. Südafrika macht mir rassenpolitisch Schwierigkeiten. Aber kommen sie in mein Haus, es ist gleich hier."

Wir gingen ins Haus, das unmittelbar am Strand lag. Herrlich gelegen und ruhig.

Endlich einmal eine Abwechslung im Menü und das im wahrsten Sinne des Wortes. Tagelang hatten wir als Ration Bananen, die wir gleich staudenweise unter dem Fahrersitz verstaut hatten, verspeist. Ein Stapel von Cuca, ein Maisbier guten Geschmacks, war alles, was wir über Tage hindurch zu trinken hatten. Als wir endlich einmal Fleisch als Proviant haben wollten, sagte unser Gastgeber: „Fleisch gibt es bei der Hitze nur zu bestimmten Stunden an gewissen Tagen. Es würde ja schlecht werden. Darum ist es verständlich, dass sie keines bekommen konnten."

Auf meine Frage, wie es den hier mit Frauen stehe, gab er mir zur Antwort, solche Vorhaben lieber mit Rückendeckung zu machen, denn die Messer seinen hier scharf. Da ich auf scharfe Messer nicht „scharf" war, unterließ ich solche Gehversuche.

Wir aßen und tranken, und es war nach Langem wieder zivilisiert.

Jedoch sollte man den Tag nicht vor dem Abend loben. Als es so richtig gemütlich zu werden schien, war es ausgerechnet Herbert, der zum Gehen drängte. Von plötzlicher Unruhe befallen, konnte ihn kein noch so gutes Argument dazu bewegen, die Nacht in dieser heimeligen Hütte zu verbringen. Vielmehr schwafelte er von vollständiger Freiheit, die die Nächtigung unter freiem Himmel versprach. Ich hatte vor Augen, mit welchen Begleiterscheinungen ein derartiges Abenteuer einhergehen würde, und mir stand nicht der Sinn danach, mein müdes Haupt zwischen angeschwemmtem Unrat und hungrigen Krabben zu betten. Aber wie es nun einmal so ist: Ich hätte es nicht fair gefunden, meinen eigensinnigen Gefährten alleine der Wildnis zu überlassen, und so schlugen wir am Strand unser Nachtquartier auf.

Ich hatte das Gefühl, das Abenteuer auf der Haut zu spüren. Das Meeresrauschen mischte sich mit dem Gesumme der Moskitos und dem verzweifelten Versuch, diese unseligen „Geister" mit markigen Flüchen zu vertreiben. „Scheißviecher!" lautete die österreichische Beschwörungsformel, „Hureseich" die schweizerische und „fuck you bastards" die häufig angewandte englisch/amerikanische Version.

Es gab ein frühes Erwachen durch ein Gejaule, Hecheln und Bellen der nach Strandgut suchenden Promenadenmischungen mit einem abschließend geringschätzigen Beschnuppern unserer Wenigkeit.

„Haut ab, ihr Biester", dies war ein nicht gerechter Ausspruch, etwas verwirrend, wenn man bedenkt, dass diese Biester nicht alleine waren. Dieses Getier, nach dem unsere „Freunde" suchten, lag neben uns verstreut und erfreute durch seine rege Tätigkeit unsere müden Glieder. Hier waren sie nun die großen und kleinen Tierchen, Krabben, einige angeschwemm-te Fische, Seesterne, Muscheln und anderes Zeug, was nicht gerade dem Geschmack von uns eingefleischten Landratten entsprach.

Ich lag am Strand und fragte mich, ob ich wohl auch zum Strandgut gehörte, so wie ich da lag in einer Decke eingewickelt. Ich rieb mir meine Augen, kratzte mich auffällig am ganzen Körper und verfluchte diese Nacht. Herbert natürlich schlief noch, er schlief, wie sollte es anders sein, auf seinem Feldbett. Tiefseufzend erwachte er, kratzte sich ebenfalls, murmelte etwas von „Hureseich-Moskitos" (offensichtlich eine neuentdeckte Gattung der Plagegeister) und verkündete strahlend: „Welch ein Abenteuer!"

Er war noch nicht zu Ende, der Schreck zur Morgenstunde. Schon erspähte mein waches Auge eine Kolonne von vorbeiziehenden Schwarzen mit riesigen Messern geschultert. Unsere letzte Stunde schien gekommen zu sein. Die Negergruppen verweilten wohl, um uns zu mustern, - und schienen sich zu denken, es gibt noch Ärmere als uns. Schließlich zogen sie weiter – mit ihren Zuckerrohrmessern, auf die nahegelegene Zuckerrohrplantage.

Nun hatten wir die zweite „zauberhafte" Nacht hinter uns.

Ein Stückchen tatsächlichen Abenteuers lag wirklich noch vor uns.

Quer durch den Busch, quer von der Atlantikküste ins Landesinnere des südlichen Teils, zurück nach Sa de Badeira. Viel dichter Busch, vorbei an Dörfern, die maximal drei Häuser zählten und eine Kirche hatten. Diese drei Häuser waren ausgestattet mit je drei Kolonialwarengeschäften, wo man das Lebensnotwendigste bekam.

Die Kirche diente den Gottesdiensten, leistete gute Dienste bei Versammlungen und war zugleich die Dorfschule. Wir fragten uns, wer wohl die Konsumenten waren?

Weiße Farmer und auf den Farmen arbeitende Schwarze mit ihren Familien, die im Busch verstreut in armseligen Hütten hausten – und das im Umkreis bis zu etwa 50 km. Zu dieser Zeit verspürte man auch noch den echten Pioniergeist.

Wir gestatteten uns, einen Blick in die Schule zu werfen. Aus der kam der Klang von uns bekannten Weihnachtsliedern - nicht gerade vollendet, aber vertraut.

Landbearbeitung auf den Feldern

Hier saßen sie nun die kleinen Schwarzen, Weißen und Mischlingskinder bunt gemischt, verschiedenen Alters,

Buben und Mädchen – und drückten die Schulbank. Vorne am Pult „dirigierte" eine junge hübsche Portugiesin, vermutlich die Lehrerin. Verschreckt, wie die Kinder auch, sah sie uns an. Uns, die bewaffnet waren mit Kameras, behangen mit Fotoapparat und Belichtungsmesser. Verdreckt und verschwitzt wie unschlüssig.

Etwa vierzig bis fünfzig Kinder zählten zu der mehr oder weniger „wissbegierigen" Menge.

Nachdem sich auf beiden Seiten Überraschung und Erschrecken verflüchtigt hatten und den von uns heimgesuchten Menschen klar geworden sein musste, es weder mit Söldnern, noch ausgebrochenen Sträflingen zu tun zu haben, erhellten sich ihre Gesichter und Freude kehrte ein.

Und zum ersten Mal in dieser Zeit spürten wir Weihnachten.

Für die Kinder war es ein kleines Fest, brauchten sie jetzt doch nicht die Schulbank drücken – und für die Lehrerin eine willkommene Abwechslung für einige Minuten. Ein Gespräch bahnte sich an in der mittlerweile erprobten Form: Wir konnten kein Portugiesisch, sie kein Englisch und erst recht kein Deutsch, aber wir beherrschten den der Verständigung dienenden Gebrauch unserer Gliedmaßen. Wer Zeuge dieser – „bewegten" Unterhaltung geworden wäre, hätte möglicherweise einen – „Hampelmann-Komplex" davongetragen. So mit Händen, und Füßen zu sprechen – das war schon gekonnt.

Der Abschied war umso rührender, die Kleinen rissen sich richtig am Riemen und sangen nun, so gut sie eben konnten – ein Weihnachtslied. Und das ging rein, das berührte uns. Es war eine wunderbare menschliche Verständigung ohne nötige Sprachkenntnisse.

Nun ging es zwei Häuser weiter, unsere Rosinante war hungrig (eher durstig), und hier gab es eine Zapfsäule. Wir ergriffen die Gelegenheit beim Schopfe und wollten tanken. Unser Karren rollte zur Zapfsäule mit Seltenheitswert. Geschäftstüchtig emsig, jedoch sehr freundlich schob sich ein kleiner rundlicher Portugiese durch seine heimische Pforte, die einem Hamsterbau glich, und fragte soweit es in seiner und unserer Macht stand, ob wir auch tatsächlich tanken wollten. Wir bejahten. Sodann glitten seine zwei etwas zu kurz geratenen Finger in den Mund. Ein gellender Pfiff! Warten…Warten auf das, was da kommen mochte. Es kam in der Gestalt eines kleinen Negerleins. Hurtig sah man den kleinen drahtigen Burschen zwischen den Büschen heraushüpfen und auf ein fahrradartiges Gebilde steigen. Er trat heftig in die Pedale ohne sich zu bewegen, - und siehe da, der heiß ersehnte „Saft" ergoss sich in den Tank unserer Rosinante. Der Kleine radelte und radelte, pumpte und pumpte. Die heimischen Radfahrer in unseren Breiten hätten wieder einen nützlichen Weg gefunden, ihre Kosten für Energie zu senken.

Nach Proviantaufbesserung und Bezahlung, sprich Cuca und Bananen, setzten wir unseren Weg fort. Der Name des Ortes war uns nicht bekannt, aber schön war`s.

Die Straßen oder Pfade waren aufgrund der Witterungsverhältnisse gewohnt schön. Es war eine einspurige feste Furt, die sich etwa 150 km durch den Busch zog und keinerlei Abwechslung bot als Bäume und Buschwerk, ab und zu auch einen Affen. Riesiges Gezwitscher und Geschnatter von Vögeln in Büschen, und das monotone Geräusch mit Zwischentakt der auf- und abschlackernden Motorhaube unseres geduldigen „Zugpferdes".

Wir mochten nicht daran denken, wie es wäre, wenn unser fahrbarer Untersatz seinen Geist aufgäbe, in dieser Öde. Keinen bekannten Ort, keinen bekannten Helfer könnten wir erreichen. Kein Auto käme hier des Weges. Nichts und niemand. Eine leichte Sorge beschlich uns. Das wiederholte Donnern und Grollen kündigte nichts Gutes an. Und uns begann zu dämmern, was das wachsende Wolkengebirge am Himmel verhieß: Regen!

Doch es kam anders, als wir es befürchtet hatten: Denn es regnete nicht. Zumindest nicht hier. Das war uns einerseits angenehm, kam uns andererseits jedoch komisch vor. Irgendwo musste es geregnet haben, aber wo? Wir fanden weder Anzeichen noch irgendeine Spur.

Wir kamen wieder auf eine ordentlich asphaltierte Straße, auf die Hauptstraße. Es hätte schlimm ausgehen können, da in dieser unwirtlichen Gegend außerdem Verbände der Befreiungsorganisation SWAPO sein mussten und unseren Weg hätten kreuzen können.

Auf den Hauptstraßen ist normalerweise die Hilfsbereitschaft der Autofahrer sehr groß, aber wenn kein Auto des Weges kommt, hilft der ganze Bereitschaftswille nichts. Man braucht nur am Wegesrand stehen und eine kleine Rast einlegen, man kann sich sicher sein, dass jedes vorbeifahrende Auto anhält und der Fahrer dann fragt: „Panne?" Achselzucken! „Kaputt" (das ist international) oder „Nix kaputt!" „Ok". Der Weg wird fortgesetzt.

Wir hatten Glück, nichts passierte, wir kamen heil nach Sa de Badeira, die für uns schönste Stadt in Angola.

„Vier kleine Zylinderchen trugen einst uns zwei, - einer hat sich festgesetzt, da waren`s nur mehr drei."
Und unsere Rosinante röchelte noch ärger als vorher. Sie blubberte und klackerte und der dort diensthabende Polizeiposten, der den Verkehr regelte, legte für uns den Verkehr lahm. Er horchte, stellte die Richtung fest, aus der wir vermutlich kommen könnten und ließ uns mit einem breiten Grinsen passieren. Es schien uns jedenfalls so, - denn aus seinen Hand- und

Armgefuchtel und Zeichen konnten wir ohnehin nicht feststellen, welche Fahrbahn jetzt „HALT" gehabt hätte. Wir kreuzten mehrere Male täglich diese Straße, und es wiederfuhr uns jedes Mal dasselbe Schauspiel. Wir hatten immer Vorfahrt. Die Menschen dort lächelten und staunten, wie solch ein Gefährt es überhaupt schafft, tatsächlich zu fahren. Rasch wurden wir stadtbekannt und zählten zu den skurrilen Attraktionen.

Eine herrliche Stadt, schöne Landschaft und – leere Geldbeutel. Jede Währung wurde aus der untersten Etage unserer Hosentasche geholt – und täglich waren wir Kunden der „Banka Nationale" und wechselten unsere Reste um. Erneut ratterten wir von der Bank zurück zu unserer Absteige, knatterten über unsere besagte Kreuzung und über die weihnachtlich geschmückte Hauptstraße. Am Abend bestand die Stadt aus einem Lichtermeer aus Kugeln, Lametta und Lichtbändern. Es war der vorletzte Adventtag, einen Tag noch und es war Heiliger Abend und das bei einer tropischen Hitze von rund 40°C.

Das Geld zwang uns am Heiligen Abend, die Zelte abzubrechen. So verließen wir, noch bevor der erste Hahn krähte, die uns bereits liebgewordene Stadt.

Pereira d`Eca hatte sich bereits in ein Schlammbad verwandelt. Wir wussten nun, wo es geregnet hatte und wir wussten auch, was uns alles noch so bevorstehen würde.

Abgesehen vom Hochkommissär der Immigration, den wir nach verzweifeltem Suchen auch fanden, und der uns zu verstehen geben wollte, er habe seinerseits verzweifelt unsere hinterlegte Kaution gesucht – und dann noch behauptete, wir hätten nie eine solche gezahlt….Er machte jedoch die Rechnung ohne den Wirt. Wir heizten ihm ein, gaben ihm zu verstehen, die südafrikanische Botschaft hätte bestimmt Interesse an so einem Fall, ja und erst die Deutsche oder Schweizerische. Zudem wir ja beweisen konnten, dass wir bezahlt hatten und kramten eine von ihm ausgestellte Bestätigung aus unseren Hosentaschen. Diese war wohl nicht mehr so sauber und auch schon zerknittert, aber sie wirkte Wunder.

Dank unserer Überzeugungskraft bekamen wir einen Teil zurück, der wohl nicht sehr hoch war und schon gar nicht dem hinterlegten Betrag entsprach, uns aber dennoch aufatmen ließ, denn bis dato waren wir blank wie Kirchenmäuse.

Der Rest des Geldes wurde einbehalten für alle möglichen und unmöglichen Sachen, wie für Straßenbenützung etwa (danke, sie waren herrlich), Unterstützung der Provinz (wahrscheinlich für ihn selbst), Tagesgebühren und Taxen für weiß ich noch alles, und etliches mehr.

Den Schlamm knöcheltief vor uns herschiebend, bis zu den Haarwurzeln voll Kot und Dreck und völlig durchnässt, waren wir bereits auf den Weg zur Grenze, ganze 30 Kilometer trennten uns noch. Wir hätten auch in einer Flussfurt fahren können, es hätte keinen erheblichen Unterschied gegeben.

Vom knöcheltiefen in den waden- und knietiefen Schlamm. Alles stand unter Wasser. Bäume, Büsche, ja sogar uns entgegenkommende Fahrzeuge wie Landrover und Unimog standen verlassen, leer und verschlammt herum.

Wir fanden, dass es an sich gar keine schlechte Idee war, die Straßen in Furten anzulegen. Damit bildeten sich entlang der Straßenränder Erdwälle und ließen das höher stehende Wasser nicht auf die sogenannte Fahrbahn. Dennoch sickerte Wasser durch, das genügte um das Gemisch von Erde, Schotter und Lehm in einen Brei zu verwandeln.

Wenn uns nur keiner entgegenkommt in unserer Furche, sagten wir uns noch, und schon sahen wir einen Mercedes älteren Baujahrs auf uns zukommen, da hieß es ausweichen, aber wie? Aussteigen, teils wegschieben und heben. Mittlerweile schon zu viert, denn die anderen mussten auch anpacken. So kratzten wir aneinander vorbei. Alsdann schoben wir den Mercedesfahrer an, bis er etwas Schwung bekam und sich vom Fleck wegbewegte. Der Beifahrer und ich versuchten unseren Wagen flott zu bekommen. Unsere Rosinante begann sich langsam durchzuwühlen und Fahrt aufzunehmen. Jetzt rannte der Beifahrer des

Straßenzustand während eines Regens in Angola

Mercedes seiner Kutsche nach, die ebenfalls schon langsam Fahrt aufnahm, und er nicht den Anschluss verpasste. Ich keuchte ebenfalls unserem Gefährt nach, bekam einiges von den Hinterrädern an Schmutz ab und sprang dann akrobatisch in das Fahrzeug. „Das Aufspringen während der Fahrt ist verboten!" Hätte einer dies sagen wollen, dem hätte ich dann auch ein paar Takte erzählt.

Weiter ging die Auto-Bob-Fahrt im Schlammkanal. Fragend sah mich Herbert an – wir hatten ein Geräusch verloren. Ein gängiges Geräusch fehlte! Ich stieg aus, um wie des Öfteren auf dieser Strecke, der Rosinante etwas mehr Schubkraft zu verleihen. Dabei bemerkte ich so nebenbei – wir hatten unsere Motorhaube verloren! Natürlich fehlte auch das Nummernschild. Verdammt, wir konnten doch unsere Fahrt nicht unterbrechen, um jetzt die Motorhaube zu suchen und den Weg zurückfahren. Nein. Also ließen wir die Motorhaube, wo sie vielleicht noch heute liegen mag – irgendwo im Niemandsland von Angola. Und mit einem bereits gekonnten Sprung ins Wageninnere setzten wir unsere Reise fort. Der Motor, bemerkte ich beim nächsten Schieb-Stopp, war auch nicht mehr der Sauberste, aber gegen mein Aussehen noch klinisch sauber. Ein wieder gelungener Hechtsprung ließ die Beifahrertür wegbrechen. Diesmal konnten wir diesen Bestandteil retten. Wir verstauten ihn auf dem Rücksitz, vielleicht würden wir ihn noch brauchen.

Am Wegesrand waren durch den heftigen Regen immer große Pfützen entstanden, und im Vorbeigleiten sahen wir plötzlich eine schwarze Schönheit splitternackt und wohlproportioniert in einem dieser Tümpel stehen, um offenbar zu baden. Es war ein schöner Moment, diese gutgebaute badende Venus zu sehen, - aber es war eben nur ein schöner Anblick. Ausgehungert und kaum verbraucht, konnten wir ja doch nicht anhalten. Zudem befand sich meine schweizer „Gouvernante" neben mir, dem nur ein schon vertrautes Wort entrann: „Hureseich", und es war schwer zu entscheiden, wem es galt. Es klang eher nach dem Gejaule eines ausgehungerten Wolfes.

Zwischendurch schälten wir uns eine Banane, die Schale warfen wir aus dem Fenster, denn die Gefahr, dass jemand ausrutschen könnte bestand mehr auf der Fahrbahn, als auf der Bananenschale.

So kamen wir endlich so um die Mittagshitze an die Grenzstation.

Motorhaube und Nummernschild ließen wir in Angola zurück und betteten die gerettete Tür auf den Rücksitz. Wir selbst sahen aus wie Speedway-Fahrer nach einem Sechstage-Rennen ohne Bad.

Der uns schon bekannte Zollbeamte, begrüßte uns Heimkehrer, musterte uns intensiv, besah sich das Auto und meinte dann anerkennend, soweit wir ihn verstanden: „Auto sehr gut, ich wollen kaufen!" Wir schauten uns verdutzt an, dann fragten wir ungläubig nochmals nach, ob dies stimmen kann. „Ich Auto kaufen, geben 150 Rand (damals etwa € 300)", kam es unmissverständlich noch einmal an unsere Ohren. Ein guter Preis für den Zustand unserer Rosinante und mit dem Umstand, dieses Gefährt vor einem halben Jahr für 200 Rand (400 €) erstanden und seitdem nicht geschont zu haben. Aber dieses Gefährt wurde auch gleichzeitig eine Gefährtin und Begleiterin – eben unsere Rosinante. „Ihr fahren über Grenze, kommen wieder über hinteren Weg zurück, so kein Zoll, ok?"

Wäre ja schön, aber sollen wir die restlichen 300 Meilen zu Fuß zurücklegen, schließlich gab es hier keine Bahn oder gar eine Busverbindung. Und dann noch durch ein Wildreservat.

Nein, wir blieben hart, wir hatten unsere „Geliebte" namens Rosinante schon so gerne, dass wir sie einfach nicht missen konnten und außerdem kann man doch nicht eine Mission, die man zu dritt begonnen hat zu zweit beenden.

Und so verließen wir Angola und knatterten durch das Ovamboland-Reservat in Richtung Süden, und bevor die Dunkelheit einbrach, erreichten wir die Stadt Tsumeb.

Tsumeb, die Bergwerksstadt, wie überhaupt der nördliche Teil des heutigen Namibia, ist sehr deutsch ausgerichtet. Im Hotel 'Waldesruh' gedachten wir, den Heiligen Abend zu verbringen.

Hier verjubelten wir noch etwa 15 Rand (30 €), denn wir waren ja immer schon Verschwender, der Abend hatte aber wenig Heiliges an sich. Die Bar war voll, die Leute auch, und ein Christbaum zierte den Raum. Wir verließen schon nach kurzer Zeit die Bar und beschlossen, Weihnachten nach unserer Art in unseren Zimmern zu verbringen und zu feiern. Somit bestellten wir, um von der tagelangen Einheitskost wegzukommen, etwas Schmackhaftes, Kräftigendes. Von den Bananen und dem Biergebräu hatten wir schon hängende Mägen. Vor allem aber bereiteten wir unseren etwas überstrapazierten Leibern die größte Weihnachtsüberraschung. Wir konnten uns wieder richtig waschen – und das dauerte natürlich eine gewisse Zeit. Da vergaßen wir sogar eine Weile das bereitgestellte Essen im Zimmer, das uns ein Boy gebracht hatte. Später dann allerdings brachte er uns noch mehr an Überraschungen, schließlich ist Weihnachten im Doppelpack, also dann zu viert ein noch viel schöneres Fest. Ich erwähnte ja schon anfangs, dass wir keine Kostverächter waren.

Am Weihnachtstag fuhren wir wieder zurück nach Windhoek.

Unsere Bilanz: Ein klappriges Auto, ein klappriges Gestell und klappernde, ausgelatschte Schuhe. Diese schnappten so richtig, wie ein Fisch an Land. Vor allem beim Autofahren ist das besonders „lustig" (oder doch lästig), immer verheddert man sich bei den Pedalen.

Der Triumphzug durch die Stadt war weniger triumphal, noch so ein „Sieg" und wir überleben nicht mehr. Einen ganzen Rand und fünfundsechzig Cent hatten wir noch und „nur" mehr 25 Tage bis zum Arbeitsbeginn. Aber man sollte nicht vorzeitig die Flinte ins Korn werfen. Es kreuzte ein Besitzer eines kleinen Gästehauses mit etwa 5 Zimmern unseren Weg. Er bat uns schier im richtigen Augenblick, ob wir vielleicht so nebenbei, so ohne Firma, bei ihm installieren und werkeln könnten. Wir konnten, und wie wir konnten.

Preis, - wir waren ja immer gute Verhandler: Einen

Monat freie Station mit Essen und etwas Taschengeld, man ist ja „bescheiden". Und schon waren wir gerettet. Den Weihnachtstag und die darauf folgenden Festtage einschließlich dem Silvestertag mit neuem Jahr 1970 verbrachten wir in unserer Pension mit Swimming-Pool, den wir ebenfalls restaurierten. Wir waren die Mädchen, nein die Buben für alles. Und so nebenbei konnten weitere Zimmer für den Besitzer aktiviert, weil wieder bewohnbar, vermietet werden. Letztlich waren elf Gäste in der Pension, darunter 5 Mädchen. Das Hauspersonal war ausschließlich weiblich mit drei färbigen Damen. Eine Mutter mit 35 Jahren und zwei Töchter im Alter von 16 und 17 Jahren, alle sehr hübsch. Man konnte also den noch verbleibenden etwa 20 Tagen frohen Herzens entgegensehen.

Und - wie sagten wir so schön, ach ja, wir waren ja keine Kostverächter.

Unsere wackere Rosinante, wie sie noch ganz war

Abseits der Zivilisation – spucken und beißen

Wir schrieben den 25. Dezember 1970. Unsere *Site* im Bergbau war nahezu ausgestorben. Einige Wenige waren im Busch geblieben, etwa 500 Kilometer von der nächsten größeren Ansiedlung entfernt. Fernab jeder Zivilisation genossen wir in jugendlicher Unbefangenheit das Gefühl von Freiheit und Stille. Was hätte denn auch passieren sollen? Leichtsinn, Unerfahrenheit und Furchtlosigkeit waren unsere täglichen Begleiter.

Es war etwa 7 Uhr30 morgens und um 8 Uhr ging unser täglicher Funkspruch in die Zentrale in Kitwe (Sambia). Aber heute war es etwas anders, als man es gewohnt war.

Die Sonne brütete bereits der Jahreszeit entsprechend und heizte die schwarzen Skay-Sitze meines Peugeot 404 Pick-up so sehr auf, sodass man, und das war allgemein üblich, beide Türen gerne offen ließ, damit der Brutofen nicht gar zu höllisch wurde. Es gab ja für solche Fahrzeuge keine Klimaanlage. Ich begab mich wie jeden Morgen zum Fahrzeug und stieg schwungvoll ein. Auf dem Beifahrersitz befand sich ein schwarzer Pullover, den ich noch am Vortag ausgezogen und auf dem Sitz abgelegt hatte. Ich saß noch nicht richtig, da bemerkte ich aus meinem Augenwinkel eine Bewegung auf dem Sitz. Geistesgegenwärtig und blitzschnell strebte ich zur noch immer offen Wagentüre des Autos. Nur hinaus!! Und schon sah ich auch mein Gegenüber, dass als schwarzes Band vom Sitz aus dem Wagen hinausglitt, bei den offenen Beifahrer-Türen kein Problem. Es war eine schwarze Kobra, besser bekannt als Spy-Kobra, eine der gefährlichsten Schlangen neben Mamba und Puffotter, schob sich fast majestätisch aus dem Wagen. Nachdem ich wieder festen Boden unter den Füßen hatte und eilends um die Motorhaube gehen wollte, um zu sehen, wohin sich diese Schlange sich schlängelte – stand ich auch schon vor ihr. Beide verharrten wir starr, standen uns gegenüber und beäugten uns streng und kurz. Die Kobra erhobenen Hauptes, bereits den Kopf in breiter Kampfposition und züngelnd, um letztlich davor „zu warnen", auch beißen zu können. Ich hielt im Schritt jäh inne und drehte ab, um zu signalisieren „ich will nichts von dir". Auch die Kobra ließ ab von dieser Kampfposition, um friedlich davon zu kriechen. Die Gefahr war fürs Erste vorbei.

Ja es war ein erhabener Augenblick, auch wenn es Aug in Aug stattfand und brandgefährlich war. Ich habe eine Kobra aus dieser Entfernung, noch dazu mit dem immer breiter werdenden Kopf in Angriffsstellung noch nie in Natura gesehen. Und dieser Augenblick war risikobehaftet und faszinierend zugleich und es frisst sich in meinen Erinnerungen ein und ich behielt ihn als schöne Erinnerung noch bis heute im Gedächtnis, als ob es gestern gewesen wäre.

Erst später kam mir die Erkenntnis, dass das Schlangenserum, also das Gegengift, sich im Panzerschrank des Sanitätsraumes befand, - den Schlüssel dazu aber der Sani in seiner Tasche hatte, nur der war in der Stadt – es wäre im Ernstfall ein Todesurteil gewesen.

Mittlerweile war es 8 Uhr geworden. Zeit für den Funkspruch. Aber da tat sich das große Gefahrenpotential erneut auf. Die Schlange war in den Funkraum geflüchtet. Und die musste da raus, bevor jemand den täglichen Funkspruch loslassen konnte, es wäre zu gefährlich gewesen. Sie verkroch sich hinter zwei im Raum stehenden Kästen. Also begann die Jagd nach der Schlange, die sich zu verteidigen wusste.

Mit Hut und Sonnenbrille sowie einer Stange mit Schlaufe um sie auch ergreifen zu können ging`s ans Werk. Jeder von uns zog es nunmehr vor, von kurzer auf lange Hose umzudisponieren. Man wußte ja nie, wie das Reptil reagieren würde. Die Brille hatte die Aufgabe, vor eventuellen Spuckversuchen der Schlange zu schützen. Die Schlange speit ja eine aggressive Substanz aus und dies meist auf glänzende Gegenstände und so auch auf die Augen. Schon schnellte die Schlange heraus und wollte einen Kollegen mit ihren gewaltigen nadelartigen Zähnen beißen, verhängte sich jedoch an dessen langer Hose, ohne ihn zu verletzen. Das war zugleich unsere Chance, die Kobra zu fangen und unschädlich zu machen. Die Gefahr war gebannt. Die herbeieilende einheimische Bevölkerung nahm die bereits tote Schlange und feierte auf ihre Weise den Sieg gegen den Feind – der doch immer wieder die hier lebende Bevölkerung in Angst und Schrecken versetzt, und der immer wieder Todesfälle oder bleibende Gesundheitsschäden hinterlässt.

Der Rest des Tages wurde als Rasttag verwendet. Wir wenigen Leute begaben uns in das nahegelegene „Dorf" mit seinen Kralen und einfachsten Hütten, um uns mit der Bevölkerung auszutauschen und Weihnachten zu feiern. Wir waren beliebt, brachten wir doch Arbeit für die Familienerhalter und damit auch Geld für das Notwendigste zum Leben.

Erst einen Tag später wurde wieder gearbeitet.

Ein Monat war vergangen, wir schrieben den 25. Januar 1971 und die Arbeiten auf der Anlage nahmen schön langsam Formen an. Die vorgefertigten elektrischen Einrichtungen kamen teilweise in einem desolaten Zustand an, sodass sie total zerlegt und neu aufgelegt werden mussten. Es war auch kein Wunder, wurden sie doch von verschiedenen Ländern in Europa angeliefert und hatten letztlich den beschwerlichen Weg in der Regenzeit zu bewältigen. Vor allem die letzten 500 km auf dem Landweg durch unwegsames Gelände verdreckten die Verteileranlagen, und die Schaltgeräte

verschlammten oder verstaubten, je nach Pisten-
zustand der Zufahrtswege. Dazu gesellten sich
Konstruktionsfehler und Auslegungsschwierigkeiten
aufgrund unterschiedlich verwendeter Vorschriften
und Normen. Es passte hinten und vorne nichts
zusammen, der Termin der Inbetriebnahme schritt
jedoch voran und machte ein Funktionieren von
Anlageteilen nicht schneller. Selbst die Hauptverteiler
waren nicht konform. Der eine wurde nach DIN-
Normen in Deutschland gefertigt, der andere in
England nach dem britischen Lloyd.

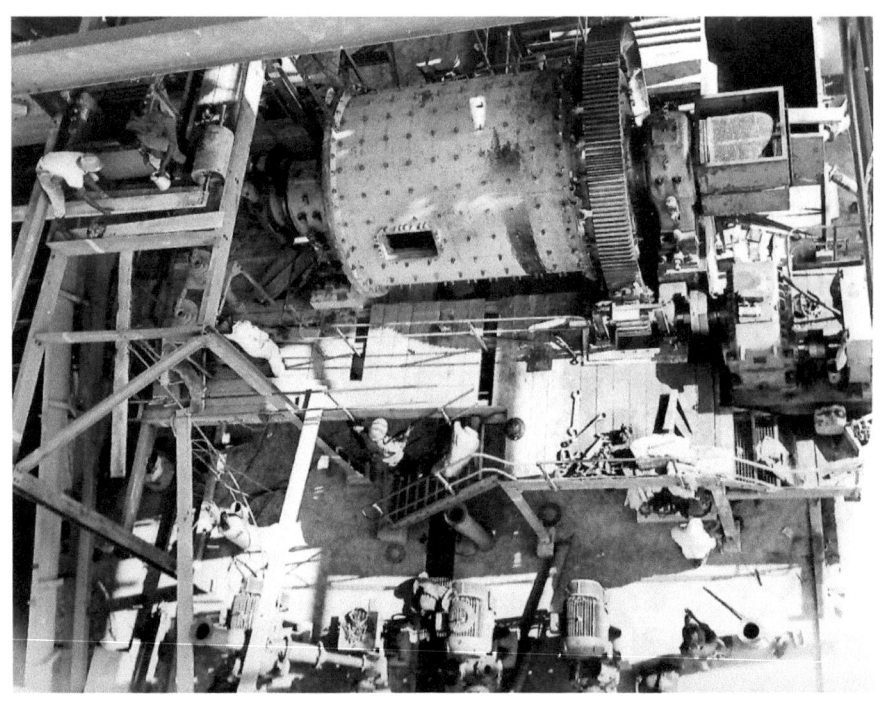

Kalengwa Mine: Errichtung der Raw-Mill der Aufbereitung des Kupfererzes

Ich war verantwortlich für das Funktionieren der Anlage und für den richtigen Anschluss der Kabel und der Steuer- und Regelung. Die Zubringerwege und die Versorgungskabel verlegten andere Kollegen mit den Einheimischen. Alle Versorgungsschränke und Anlagenabgänge waren im oberen Stockwerk der Stahlbaukonstruktion, die den Hauptteil der Verarbeitung des Roherzes beherbergte. Als Versorgungswege für die speziellen schwarzen Kabel wurden Kabeltrassen verwendet, sodass es zu groß angelegten schwarzgefärbten Kabelsträngen kam, die in der Hauptverteilung ihren Anfang nahmen und von hier zu dem jeweiligen Verbraucher führten.

Es war etwa zwei Uhr Nachmittag. Ich stand im Verteilerraum und studierte die Pläne und kontrollierte die Verdrahtung und machte Funktionsproben an den Schaltgeräten. Neben mir waren etwa vier Gehilfen, die teilweise Kabel anschlossen oder damit beschäftigt waren, die verdreckten Teile zu reinigen.

Plötzlich entfernten sie sich von mir, weg zur anderen Seite des Raumes und starrten auf einen Punkt, der über mir zu sein schien. - Und, er war über mir, aber nicht als Punkt sondern in Form einer ausgewachsenen schwarzen Kobra, die sich von den Kabeltrassen über mir auf mich herunterließ. So quasi „Spy-Kobra" Klappe die Zweite. So schnell konnte sie gar nicht sein, wie ich es war. Schwupps machte ich einen Satz nach vorne. Die Schlange setzte zur Flucht an und entkam – aber

wohin? Es war zu gefährlich, weiter zu arbeiten. Es gab Alarm an alle hier arbeitenden Menschen und eine Jagd nach einem Phantom, das spurlos verschwunden war. Ausgerüstet wieder mit Hut, Sonnenbrille und Fangrute ging`s erneut auf die „Pirsch". Es wurden systematisch alle Verteiler aufgerissen, teilweise zerlegt – diese „Giftmischerin" musste hier irgendwo versteckt sein! Nichts. Dann wurde sie entdeckt, aber die Freude währte nicht lange, sie ließ sich in die mit über-und über mit schwarzen Kabeln gefüllte Kabeltasse fallen und war somit ideal getarnt. Sie verschwand abermals, - wir mussten sie finden bevor wieder an Arbeit gedacht werden konnte. Nun konnte sie überall sein. Am wahrscheinlichsten in Richtung Bodennähe. Mittlerweile suchte das gesamte Personal. Die Nervosität stieg und Zweifel kamen auf, ob denn die Schlange auch wirklich noch auf der Baustelle war.
Nach etwa einer Stunde wurden die Zweifel zerschlagen und der Realität ins Auge gesehen. Ein für solche Fälle spezialisierter weißer Afrikaner fing sie ein und brachte sie an einem für niemanden gefährlichen Platz ins Freie. Im folgend ein Rattenschwanz von Einheimischen, die johlend und lachend nun ein Schauspiel inszenierten, das im wahrsten Sinne des Wortes einer Hinrichtung glich. Zuerst wurde der Schlange der Kopf abgetrennt, bevor diese anschließend in einem Feuerring das noch immer sehr lebend wirkende Ende fand. Der Schlangenkopf richtete

sich nochmals auf, um dann in sich zusammen zu sacken. Es war ein in der Bevölkerung übliches Ritual, bei dem man keine Chance gehabt hätte, dagegen aufzutreten. Der Zauber war vorbei, zwei Stunden waren um, - und es war Zeit „for Tea-Time".

Und weil ich schon gängig am Stichtag kobrageschädigt war, hat man mir am 25. Februar, sozusagen als Geburtstagsgeschenk, eine Kobra vor meine Behausung gelegt – sie lebte nicht mehr – aber der Vorgang zeugt von der humorvollen englischen Art afrikanischer Natur, wie die Leute und Mitstreiter an diesem Ort einer Tradition huldigen. Hart, aber herzlich – immer ein Späßchen auf Lager – eben aus einem Bergwerksleben geboren, das Zusammenhalten zelebriert. Schließlich waren wir ja zwanzig Elite-Monteure und Techniker, die bergwerkserprobt und bunt zusammengewürfelt aus 11 Nationen hier unserer Aufgabe nachgingen, ein Bergwerk mit allem Drum und Dran zu errichten und das fernab der Zivilisation. Es einte uns eine gemeinsame Sprache – Englisch – nicht aber die gleiche Mentalität. So waren, neben Engländern, Schotten, Waliser und Iren auch Österreicher, Deutsche, Griechen, Jugoslawen, Peruaner und Australier mit dabei, die hier an diesem Standort mindestens 10 Monate die Produktions- und Abbaustätte vorantrieben. Während dieser Zeit gab es keinerlei Streit oder Zerwürfnisse, die die Harmonie hätte stören können. Zumindest solange nicht, bis die Übernahmemannschaft die in Betrieb gesetzte Baustelle langsam übernahm. Aber das war ein anderes Kapitel.

Wie ich schon anmerkte, waren die Mentalitäts-unterschiede schon sehr ausgeprägt, wie auch so mancher übertriebene Nationalstolz, vor allem der zwischen England, Schottland und Irland. Das Einzige was uns gemeinsam war, war nach der geraumen Zeit von zig Monaten ab jeglicher Zivilisation und Korrekturpersonen, dass sich jeder auf seine eigenen Angewohnheiten besann und diese dann als persönliche Marotten zelebrierte. Dass das erst wirklich ins Bewusstsein eindrang und vom eigenen Ich bemerkt wurde, war darauf zurückzuführen, dass so mancher Normalbürger nach unserer Rückkehr in die Zivilwelt, nicht wirklich viel anzufangen wusste, mit dem, was wir da so von uns gaben und an unserem Verstand zweifelte und wahrscheinlich glaubte, wir wären aus einer Klappsmühle entlaufen.

Die 25-iger Serie ging letztlich zu Ende, Erlebnisse mit Schlangen und anderen Tieren blieben uns erhalten, betrafen mich jedoch nicht mehr persönlich und direkt.

Kalengwa Mine: Installation der Raw-Mill (mit mir im Bild unten)

Lusaka Hotel oder „irren ist menschlich"

Es muss in der zweiten Jahreshälfte 1970 gewesen sein. Wir befanden uns auf dem Weg von Johannesburg in Südafrika nach Mufulira in Sambia. Dort befand sich eines der größten Kupferbergwerke des Landes inmitten des afrikanischen Kupfergürtels. Unterwegs war ich mit Roland Schwemberger, einem sehnigen Tiroler Landsmann mit gut 1,85m Körpergröße. Wir sollten das dortige Personal unterstützen bzw. die dort auftretenden arbeitstechnischen Engpässe entlasten.

So eine Dienstreise ging natürlich nicht in einem Tag, sondern dauerte zuweilen bis zu einer Woche, schließlich mussten die Länder Botswana, Südrhodesien – das heutige Simbabwe – und schließlich das Land Sambia in seiner Länge durchquert werden, bevor wir dort ankamen, wo wir hinsollten. Wir waren mit unserem, besser Rolands Wagen Marke „VW-Käfer" unterwegs. Ausgerüstet mit der gesamten Habe einschließlich Werkzeug, das jeder Handwerker oder Monteur für seine Tätigkeit mitzubringen hatte. Roland selbst hatte mehr Werkzeug als Kleidung, sodass man sagen konnte, er hatte leichtes Gepäck mit. Die schwersten Mitbringsel waren bisweilen Getränke und Essen, wobei das Bier bei weitem überwog.

Rolands Versuch mich bei einem Wasserloch zu fotografieren
oder Wankie-Nationalpark in Südrhodesien (heute Simbabwe)

Und wenn man schon auf so einer Reise war, so kreuz und quer durchs Land zog, dann schaute man sich Land und Leute an, und natürlich die vielen Schönheiten des Landes auch. Wir besuchten und durchfuhren Tierreservate, heutige Nationalparks und begaben uns auf Tierbeobachtungen. So zum Beispiel im damaligen Wankie Nationalpark, der zu dieser Zeit schon viele Weltenbummler, vorwiegend aus den USA, als Besucher zählte. Das war allerdings etwas für Leute mit der „Golden Card" und nicht für solche wie wir – so smart.

Wir nächtigten in diesem Nationalpark in einem sozusagen „Nobelkral" und fanden unsere Unterhaltung am Abend in einem „Gesellschaftskral" oder besser einer offenen Holzkonstruktion mit Schilf- und Grasdach. Es sollte ja nur vor Regen und Sonne schützen. Hier wurde auch das Wildbret-Steak mit etwas Gemüse und einfachem Toastbrot serviert. Roland war auch an diesem Abend sehr durstig. Aber das war ja nicht neu. Immerhin musste die staubige Fahrt auf größtenteils Schotterpisten bewältigt werden, nur bei den Ortschaften selbst war asphaltiert.

Am Tag darauf war unser nächstes Ziel der Grenzort Viktoria Falls bevor es über den Sambesi-River ging nach Livingstone in Sambia. Natürlich darf man sich das Naturschauspiel des doch größten Wasserfalls der Welt nicht entgehen lassen. Die Faszination, die von diesem Naturschauspiel ausgeht, hält mit Sicherheit ein Leben lang an. Donnernd rauchendes Wasser verwandelt mit seinen winzigen Wassertröpfchen jeden Betrachter in einen wandelnden Wassermann, und Regenschirm oder Regen-haut sind genauso sinnlos, wie einem kleinen Kind einzubläuen, dass es nicht schmutzig werden darf. Die Feuchtigkeit kriegt dich, sie nistet sich ein und verwandelt dich in einen aufsaugenden, nässe-triefenden Schwamm.

Wir machten entlang des Ufers eine kleine Wanderung, um anschließend am Sambesi-River stromaufwärts noch mit einem Schiff eine kleine Flussinsel anzusteuern auf der es auch Krokodile geben sollte. Wir fanden nur Spuren davon, und die Krokodile lagen vielleicht auf der Lauer. Einzig einige Paviane belagerten uns.

Zurück zum Ufer von Viktoria Falls und ins Hotel, wo wir auch unser Dinner einnahmen. Nach dem Abendessen begaben wir uns ins dortige Kasino, das sich nicht vor Überfüllung zu fürchten hatte. Nach etwa einer Stunde gab es nur mehr uns und den Croupier. Es war relativ öde – einmal gewannen wir, einmal die Bank. Und das mehrere Stunden. Bei Roland ging`s bis 4 Uhr früh. Ich zog es vor, ins Bett zu gehen. Am Ende hatte keiner weder etwas gewonnen noch verloren, nur die Zeit, die sinnlos vergeudet worden war.

Und um die Mittagszeit beim Lunch trafen wir den Croupier wieder. Bei einem Bierchen fragten wir ihn warum den keiner was gewonnen hatte. Er antwortete: „Was sollte ich tun, ich wollte meinem Brötchengeber nicht weh tun, aber andrerseits fand ich die überdimensionalen Tellerhände von dem Großen (gemeint war Rolands Körpergröße) als sehr gefährlich. Somit gewann einmal die Bank und einmal er, sodass kein Schaden entstand. So habe ich halt den Abend und die Nacht zu meiner eigenen Sicherheit gesteuert, man weiß ja nie, was so manchem Zeitgenossen einfällt;

noch dazu waren wir nur mehr allein im Casino." Und da sage noch einer, es gibt keine Manipulation im Glückspiel.

Wir verbrachten einige Tage in Viktoria Falls, bevor wir über die Grenze nach Sambia weiterzogen.

Auf der Fahrt von Viktoria Falls nach Ndola, wo das Hauptbüro unserer neuen Arbeitsstätte war, nächtigten wir noch in Lusaka der Hauptstadt Sambias. Roland, mein Tiroler Kollege, der mit den großen Händen und einer stattlichen 1,85-iger Figur, aber auch meine Wenigkeit konnten es noch nicht fassen, endlich „frei" zu sein. Frei von Rassenhass und Diskriminierung und weg von der Apartheit-Politik Südafrikas, also keine Rassentrennung mehr, sondern die Sicherheit, sich frei bewegen zu können, mit allen Menschen anderer Hautfarbe reden und etwas unternehmen zu können, ohne Angst haben zu müssen, dafür drakonisch bestraft zu werden.

Und der erste Gedanke eines jungen aufgeschlossenen Menschen wurde bestimmt von: Jetzt aber gleich Kontakt mit dem dunkelhäutigen, exotischen weiblichen Geschlecht aufnehmen. Es sollte eine gutgebaute Erscheinung sein, die „oben" alles hat, „a guats Gstell hoalt". Es sollte eine sein, auf die man, wie man so schön sagt, einfach abfährt.

Lusaka, in der Hauptstadt sollte es eine unvergessliche Nacht werden, voller Liebe und Hingabe. Sie war ja dann auch irgendwie unvergesslich und eher lustig.

Wir suchten und fanden ein Hotel. Bei uns würde man sagen, ein letztklassiges Mittelklassehotel. Sterne gab es zu dieser Zeit noch keine zu vergeben und es dürfte auch eine vergebliche Liebesmüh` sein, welche zu bekommen. Aber wir hatten ja keine großen Ansprüche an unsere Übernachtungsmöglichkeiten. Außerdem wäre uns ein Nobelhotel in einer Großstadt doch etwas zu teuer geworden, glaubten wir zumindest, und konnten uns vorstellen, doch mehr Geld in die schönen Dinge des Lebens zu investieren, als es hier liegen zu lassen. Also bestiegen wir unseren Nobelschuppen „Lusaka Hotel". Das Hotel, den Verhältnissen entsprechend, war sauber, lag im Zentrum und war auch nicht groß.

Die Voranmeldung für eine Nächtigung erfolgte in der nebenan gelegenen Fleischerei, denn der Besitzer des Hotels war auch gleichzeitig der Fleischhauer. Es schien gut anzufangen, glaubten wir. All seine Mitarbeiter für leichtere Arbeit waren „Musen", also weiblicher Natur, soweit es unsere Orientierung erlaubte, alle hübsch, - doch nur für ihn bestimmt. Der Augenkontakt mit der einen oder anderen jedoch signalisierte mir, Junge bleib dran.

Wir begaben uns nun zur Rezeption und da kam der erste „Gegenangriff" auf unseren ersten Eindruck in Form einer üppigen, kaffeebraunen Empfangsdame - eine starke überdimensionale Erscheinung im knalligen Outfit. Das gelbe T-Shirt etwas ausgeschnitten, der

Rock zu eng und zu kurz, aber bestens geeignet, um ihre gewichtigen Proportionen noch besser zur Geltung zu bringen. Sie trug eine Perlenkette um den ziemlich dick geratenen Hals, was durch das Dunkel der Haut noch betont wurde. So standen etwa geschätzte 130 kg Weiblichkeit vor uns, blickte erfreut und versprühte ihren Charme mit einem „umwerfenden Lächeln" und den weißen Kulleraugen, die aus dem dunklen Gesicht hervorblitzten. Sie erfreute sich daran, einen Gast zu bekommen, schien es, und säuselte beiläufig, was sie denn für uns tun könnte.

„Wir sind die neuen Gäste und möchten unsere Zimmer beziehen", sagten wir. Roland blickte sich um, damit ihm nicht ungewollt jemand zuhören konnte und raunte in Richtung Empfangsdame, ob sie den nicht etwas Frauliches organisieren könne – so aufs Zimmer versteht sich und schob ihr einige Scheine (Kwachas der Landeswährung) zu. Ein Lächeln huschte über ihre Lippen, sie nickte und schien zu verstehen, was er meinte. So nebenbei faselte Roland noch von Mindest-standardanforderungen an besagte Damen, die da schlank, wohlgeformt und möglichst auch hübsch sein sollten. Das waren natürlich schon Sonderkriterien, die vielleicht noch einen Schein mehr verlangten.

Roland der „Weltmann" und Ältere von uns beiden, warf mir einen Blick zu, der mir zu verstehen geben sollte, wie man es anstellt, um in diesem Land das Gewünschte zu bekommen. Und weiter rieselte es

Belehrungen, dass man hier dieses und jenes tun muss, um zu „überleben". Na gut, ich war noch ein „Greenhorn" in diesem Land mit meinen 22 Jahren, hatte wenig Erfahrung, aber Herzensbildung – und mit der hat man nicht immer, aber bei den richtigen Leuten Erfolg. Seiner Belehrungen herzlich müde, fuhr ich in an: - „Mit Deiner ständigen Besserwisserei gehst du mir gewaltig auf die Nerven, das stinkt mich langsam an! Noch hast Du Deine Traumfrau nicht, um sie zu besteigen!" „Du musst ja nicht, wenn du nicht willst!" ätzte er zurück und ich konterte: „Ich such` mir meine schon selber aus!" Damit war der Wortwechsel beendet.

Wir hatten uns mit den Tagen mehr und mehr voneinander entfernt. Er hatte andere Interessen als ich sie hatte. Sicherlich, ich war auch nicht dem weiblichen Geschlecht abgeneigt, aber nicht so, dass ich mir welche besorgen lasse, so quasi im Blindflug. Kontakte herzustellen durch Dritte, ja, aber dazu brauchte ich keinen, der für mich von der Straße eine „Lady" aufgabelt.

Wir nahmen das Abendessen im Hotel ein, um uns anschließend in unser durch eine dünne Trennwand mit Tür abgeteiltes, größeres Zimmer zurückzuziehen. Dafür gab es aber 2 Eingangstüren.

Es klopfte an einer der Eingangstüren unseres Zimmers. Erwartungsvoll huschte Roland zur Eingangstür, riss sie auf – und da stand sie – groß und freudestrahlend –

unsere 130 Kilo-Frau. Sie fühlte sich durch Rolands Beschreibung, was seinem Mädchenwunsch angeht, für bestens geeignet, ja sogar berufen. Roland, noch fragend, wo denn sein Mädchen bleibe, bekam zur Antwort, sie sei es, sie habe sich verliebt in ihn, sie wollte schon immer einen großen Starken, der zu ihr passte – und nun sei er gekommen, er - Roland. Dieser erbleichte, diese „Lady" entsprach nicht seiner Vorstellung von einer lieblichen Gestalt. Seine Ablehnung drückte sich in Mimik und Gestik aus. Weder wollte er sie im Zimmer, noch einen intimen Kontakt mit ihr haben. Aber die Titanin ließ ihm keine Chance. Unter Einsatz ihrer beachtlichen Kräfte und hoch motiviert verfrachtete sie Roland zum Bett und kurz darauf in dasselbe. Während diesem eher nach einem Gerangel aussehenden Liebesspiel wurde er seiner Kleider „beraubt". Die Türe zwischen meinem Zimmerteil und seinem wurde diskret von mir zugemacht. Mit einem Grinsen versteht sich.

Noch hörte ich ein Ächzen, dann ein Stöhnen, ein leicht klatschendes Geräusch von aufeinander getroffenen fülligen Leibern. Dann wieder ein Röcheln – die Wände waren ja mehr als dünn. Dann wieder etwas lüstern grollend und leiser werdendes Stöhnen, das hörte sich aber anders an, als beim ersten Mal.

Stille, einen Augenblick nur, dann kam wieder Leben ins Separee. Ein Murmeln, das immer heftiger und lauter wurde und schließlich in hysterisches Schreien überging. Ich dachte, was zum Teufel, was schreien die da. Ein Feilschen um Geld entbrannte. Sie wollte Geld und das für die hier herrschenden Landesverhältnisse sehr großzügig ausgelegt. Eine Zeitlang ging das Gefeilsche so dahin, dann knallte eine Tür, und die liebestolle Lady war weg. Und wo blieb der sexhungrige Tiroler Berglöwe? Da öffnete sich die Türe zu mir herüber und erschöpft zeigte sich im Türrahmen eine Erscheinung namens Roland. Er hatte überlebt im Kampf der Giganten, aber erst nach der Pflicht, über die Kür zu sprechen war zwecklos, weil es zu keiner gekommen war.

Und worin besteht die Lehre aus dieser Geschichte? Spontan gesagt, diese: Man kann sich manchmal selbst ganz schön im Wege stehen: Bei Missverständnissen und Irrtümern, und wenn man mentalitätsmäßig unterschiedliche Ansichten über Schönheit und falsche Erwartungen hat setzt.

Ich allerdings rüstete zu diesem Zeitpunkt zur „Kür" mit einer „Herzdame", die mir mit Augenkontakt und Lächeln so im Vorbeigehen in der Fleischerei eindeutige Signale übermittelt hatte.
Ob Roland seiner „ausgewählten Holden" den Liebeslohn bezahlt hat? Das kann ich nicht sagen. Maybe (vielleicht) – ein viel strapaziertes und häufiges Wort hierzulande.

Meine Freundin Prinzessin Nakadindi

Mittlerweile waren einige Jahre vergangen, und ich war zu einem Stamm-Mitarbeiter herangewachsen. Man durchwanderte auf diesem Weg einzelne Stationen: Aus dem einfachem Monteur wird ein Foreman und aus diesem ein Supervisor. Damit verbunden waren oft besondere Missionen. Die Aufgabe, die sich damals für mich stellte, bestand darin – eine komplette Elektromannschaft zu ersetzen. Es handelte sich dabei um drei Mitarbeiter, die sich aufgrund eines Unfalls im Krankenhaus und später im Krankenstand befanden. Mir beigestellt war ein italienischer Mitarbeiter namens Ferrari – keinesfalls zu assoziieren mit der Automarke desselben Namens, denn sein Arbeitstempo zeichnete sich nicht durch Schnelligkeit aus. Dafür brauste er sehr schnell auf, und schneller, als dies üblicherweise der Fall war, verlor er die Nerven. Aber was sollte ich tun, es war ja kein anderer da – und außerdem war er der, der sich in diesem für mich neuen Fachbereich, einem riesigen Zementwerk auch auskannte und wusste, wo was zu finden war.

Chilanga hieß dieses Werk und befand sich etwa nach einer halben Stunde Fahrzeit, außerhalb der Stadt Ndola. Meine Sondermission bestand nicht nur darin, die 3 Leute zu ersetzen, sondern auch deren Dienstplan zu übernehmen. Das bedeutete bei einem Rund-umdie-Uhr-Betrieb immer in Bereitschaft zu sein – und das neben dem normalen Job. Das setzte auch voraus, ein gutes Quartier zu haben, wo auch die Möglichkeit zum Essen vorhanden war. Der Verdienst war verlockend, die Aufgabe aber auch anstrengend, und sie sollte ja nur vorübergehend sein, bis die Verletzten wieder ihren Dienst antreten konnten. Leider kam es anders, die Verletzungen wollten nicht heilen, die Leute konnten nicht retourkommen. Und so versah ich diese Tätigkeit bis zu etwa einem halben Jahr.

Die Distrikthauptstadt Ndola im nördlichen Teil des Landes war zugleich ein Brennpunkt im Kupfergürtel der jungen Republik Sambia. Noch waren die Auswirkungen und Auswüchse einer Apartheitspolitik Südafrikas bzw. das Kolonialenglische zu erkennen, obwohl es keine Rassendiskriminierung mehr geben hätte sollen – sie fand jedoch noch in vielen Köpfen statt. Das betraf vor allem die weißen, in diesem Land geborenen Engländer, zu der Zeit, als es noch Nord-Rhodesien hieß. Mir persönlich war es herzlich egal und ich freundete mich mit vielen Farbigen an. Da blieb es auch nicht aus, so manche Bekanntschaft mit der einen oder anderen Afrikanerin einzugehen.

Ich wohnte zu dieser Zeit in einem für Engländer noblen Hotel namens „Rutland" inmitten eines kleinen Waldgebietes mit ausgewachsenen alten Baumbeständen und großzügigen Parkanlagen. Die Zimmerfluchten lagen etwas abseits des Hotels, aber alles überdacht und verbunden. Ein Hotel noch im alten Empire-Stil ausgestattet und der Tradition des morgendlichen Tees (um 6 Uhr früh) mit vorangegangenem Klopfen zum Einlass ins Zimmer, um diesen auch servieren zu können. Dieses Ritual wiederholte sich täglich, nur am Sonntag war es eine Stunde später. Sie ersetzte natürlich einen Wecker und war besonders „reizvoll", wenn man zuvor wegen einer Störung im Werk, um 3 Uhr morgens aus den Federn geholt worden war und nach der Rückkehr die restliche Zeit bis zum neuerlichen Aufstehen voll nutzen wollte die restliche Zeit bis zum neuerlichen Aufstehen hätte voll nutzen wollen.

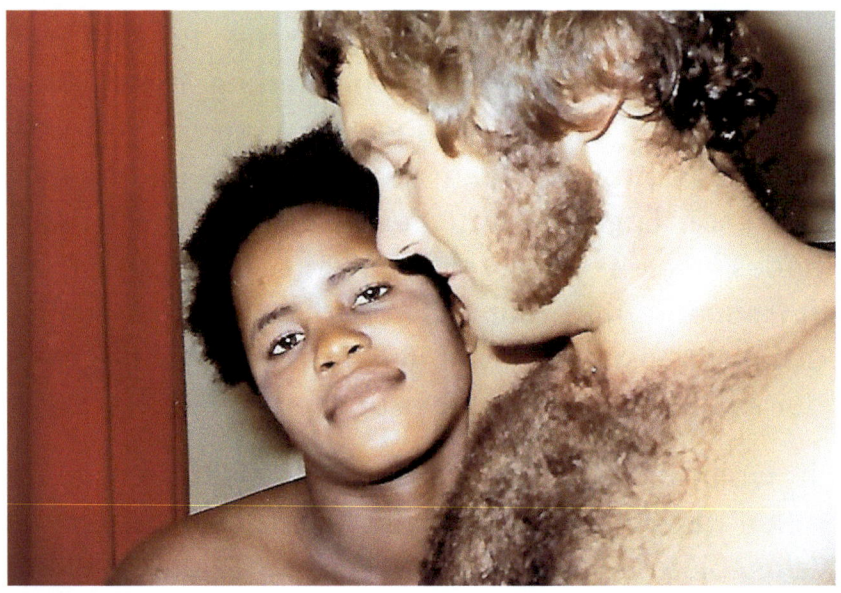

Patsy und ich vor der „Vertreibung aus dem Paradiese" – das Aus im Rutland

Es war an einem Sonntagmorgen, ich verbrachte die Nacht in schöner Zweisamkeit mit einer dunkelhäutigen hübschen Dame, die ich nach heutiger Sicht auch als eine Art Gefährtin betrachte. Patsy hieß sie, aber sie ließ mich nicht wissen, wo sie wohnte. Diese Nacht gab es auch keine Ruhestörung durch irgendwelche Gebrechen im Werk, was selten der Fall war. Es war sieben Uhr morgens und es klopfte, - der Tee rief – besser der „Boy" meldete sich „tea for you bwana" und trat ein. Ein erschrockener Blick, - Schweigen – da lag sie nun – in meinem Bett – er war sichtlich verlegen. Darauf brach ich das Schweigen und beauftragte ihn, einfach eine zweite Tasse zu bringen, was er auch tat. Aber er war auch anderwärtig nicht untätig. Er meldete seinen Eindruck seiner englischen Lady und Managerin des Ladens. Und die forderte mich auf, unverzüglich das Hotel zu räumen – im Klartext, sie warf mich raus. Mein Gepäck ließ ich später abholen.

Und so verließen wir zu zweit, Hand in Hand das Hotel, so wie einst Adam und Eva bei der Vertreibung aus dem Paradies. Das erste Mal am eigenen Leib als Weißer verspürend, bekam ich die Rassendiskriminierung und den Rassenhass aufgelegt serviert.

Zusammen fuhren wir anschließend in die journaldienstbesetzte Firmenzentrale, in der sonntagvormittags der Dienst versehen wurde und ersuchte um eine neue Bleibe. Und die war spürbar besser, in jeder Hinsicht.

Das neu zu beziehende Hotel war eine Bleibe mit 9 Suiten, einem kleinem Restaurant und Frühstücksraum, einer Bar mit Salon und mit großem sonnigen Innenhof, der als eine gepflegte Grasfläche angelegt war. Die 9 Zimmer, zusammen mit dem privaten Bereich des Betreibers, waren im Halbkreis als Arkadenhof angeordnet und gegen Verkehrslärm abgeschottet (heute Michelangelo Luxery Lounge). Hier konnte man es auch länger aushalten und man konnte auch ungestört das tun, wozu man Lust hatte. Kein Rassenhass oder Anzeichen eines solchen. In der Bar waren abends alle Hautfarben und alle Altersgruppen vertreten. Und man konnte ungestört kommunizieren.

Meine Normalarbeitszeit endete täglich um 16 Uhr. Ausgenommen davon war der Sonntag. Und wenn keine Störung eintrat, war es ja ganz verträglich. Jeder wusste, wo ich bin, denn ich musste hinterlassen, wo ich mich gerade befand, damit ich im Notfall erreichbar war. Es war wohl ein bisschen gewöhnungsbedürftig, aber man hat sich rasch darauf eingestellt. Handy gab's damals nicht. Man schickte im Werk einen Fahrer los, der mich einfach suchte, ins Werk brachte und nach Beendigung wieder dorthin brachte, wo ich hin wollte. Das konnte auch manchmal dauern, bis ich auffindbar war oder aus dem tiefem Schlaf wach wurde. Es kam schon mal vor, dass das ganze Hotel munter war, weil der Fahrer am Hotelportal pochte und nicht aufhörte zu pochen – und ich nicht wach zu kriegen war. Ja, geschlafen habe ich schon immer gut – und tief.

Neben mir zog eine, so schien es mir, vornehme und gebildete und nicht arm wirkende junge Dame ein, so um die 30 Jahre alt sein und bezog mit ihrem Baby das unmittelbar nächste Appartement. Zusammen mit ihrem Ehemann oder Begleiter richtete sie sich häuslich ein.

Ich hatte mir zu diesem Zeitpunkt zwei Langspielplatten mit Soulmusik gekauft. Otis Redding und Wilson Picket trällerten aus meinem meist offen gehaltenen Appartement und jeder konnte (oder musste) es mitanhören. Keinen störte es, es war ja auch nicht stundenlang. Die schwarze Musik jedoch zog die junge Dame an und sie klopfte an meine Türe, erkundigte sich nach meinem Tun und so kamen wir ins Gespräch. Wir tranken Kaffee im Innenhof und plauderten. Es war eine Frau, die für mich keine Schönheit war, was die Optik angeht mit ihren sehr wulstigen Lippen, der dicken Knollennase und den hervor quellenden Augen, aber sie hatte eine einladende, gemütliche und gewinnende Art, und ich verstand mich gut mit ihr. Sie war sicherlich charmant und nett, aber nicht nach meinen Geschmack, was natürlich bei ihr offenbar die Kontaktfreudigkeit verstärkte. So lief das nahezu täglich ab wie ein Ritual: Ich kam nach der Arbeit, meist verstaubt und verdreckt, das ist das Los in einer Zementfabrik, sowie verschwitzt in meine Behausung. Sie klopfte und bestellte bereits einen Drink oder Kaffee, den wir dann im Innenhof tranken. Anschließend ging jeder seiner Wege.

Den Gesprächen entnehmend wusste ich sehr bald, dass sie sehr einflussreich in der Gesellschaft Sambias sein musste. Ihr Name war Ivy Nakadindi – beiläufig erwähnte sie, sie sei die Tochter des ehemaligen Königs, der hier in dieser Region in Nordrhodesien das Sagen hatte.

Abgekämpft und diesmal extrem schmutzig mit kurzer Hose, dreckigen T-Shirt, verstaubten Boots und schon recht müde kam ich an einem Nachmittag wie eben diesem in mein Hotel. In der Mitte des Innenhofes thronte Prinzessin Nakadindi als einzige Frau inmitten einer sonoren Herrenrunde. Die meisten von ihnen waren älteren Semesters in Militäruniformen und mit goldenen Aufschlägen – sprich Spiegeln, also Generäle und anderen Stabsoffiziere. Es musste eine Personengruppe von etwa 12 Männern gewesen sein – und alle schwarz. Da wurden offenbar wichtige Staatsaufgaben besprochen. Ich betrat den Arkadenhof und plötzlich wurde es still. Alle Blicke waren auf mich gerichtet. War ich nun ein Störenfried oder wurde nur darauf gewartet, dass ich kam? Keiner wusste es.

Prinzessin Nakadindi winkte mir aus der Runde zu und rief: „Oskar, just come to us and be our guest" (Oskar, komm setz dich zu uns). Nun, eine Einladung wie diese konnte man nicht abschlagen. Und nachdem ich mich notdürftig gewaschen hatte, nahm auch ich Platz in dieser Runde. Was hier be- und gesprochen wurde, war nicht wirklich von großer Bedeutung, sondern war einem Kongress mit Zukunftsplänen gewidmet, der in den kommenden Wochen in einem großen renommierten Hotel in der Stadt stattfinden sollte. Auch ich wurde zu diesem Kongress eingeladen. Irgendwie wollte ich nicht dabei sein, aber die Neugierde plagte mich zu sehr.

Ich weiß bis heute nicht, was das für ein Kongress war, wie er hieß und welchen Zweck er verfolgte, - aber so geht es wahrscheinlich vielen Politikern heute noch, wenn sie zu irgendwelchen Tagungen gereist und ohne fruchtbare Ergebnisse heimgekehrt waren.

Der Tag, an dem der Kongress begann, war gekommen. Beginn war um 19 Uhr mit einem Cocktail, der den ankommenden Gästen im Foyer des Grandhotels serviert wurde. Auch ich hatte mich in „Schale" geworfen und zu diesem Anlass meinen Trachtenanzug aufbügeln lassen, der bis jetzt gut verpackt im Koffer verstaut gewesen war - eine Salzburger Tracht, die ich einst bei „Gollhofer Trachten" in Salzburg erstanden hatte und in der ich den Kritikern zur Folge eine gute Figur machte.

In dem hellgrau getönten Anzug mit den dunkelgrünen Aufschlägen und edlen Knöpfen, strahlte ich eine gewisse Eleganz aus. Ja, es gab sogar hier anwesende Besucher, die mir das gute Stück abkaufen wollten. Zu einem weißen Hemd trug ich noch ein rosa Halstuch als Accessoire und dunkelbraune Lederschuhe, die ich ebenfalls noch im Gepäck hatte. In dieser Adjustierung kreuzte ich im Veranstaltungshotel auf, auch sehr zur Freude meiner Prinzessin Nakadindi, die mich gleich in der Runde herumreichte. Am Anfang war ich leicht verzweifelt, weil ich offenbar der einzige Weiße unter den rund 300 Leuten war. Die Gäste waren in jeder Altersgruppe vorhanden, bunt gemischt, Männlein und Weiblein. Aber nein, da gab es noch ein zweites „Bleichgesicht" im Rang eines höheren Offiziers, wahrscheinlich ein Regierungsberater oder so, englischer oder schottischer Abstammung.

Nachdem Prinzessin Nakadindi die meisten Gäste begrüßt hatte, sie gehörte wahrscheinlich zum Veranstaltungskomitee, kam sie auf mich zu, der ich etwas verloren im Raum stand und sorgte für meine Unterhaltung in dieser „Show" in Form von zwei jungen hübschen dunklen Damen im Alter von etwa 20-22 Jahren, die sich um meinen Wohlfühlfaktor kümmern mussten. Die beiden waren Schwestern, und ich sollte noch mehr Kontakt mit ihnen erleben. Der Abend war gerettet, und es entwickelte sich eine Gesprächsbasis, die absolut nichts mit dem Thema des Kongresses zu tun hatte. Es glich eher einem Turteln. Auch was im Kongress besprochen wurde, war nicht mehr unser Thema. Das Thema lautete viel mehr, welche der beiden wird mich in mein Hotel begleiten?

Das Thema allerdings war schnell beendet, der Fahrer des Werkes stand demütig vor der Türe und verlangte nach meiner Person, um mir mitzuteilen: „Der Betrieb steht, Bwana – du solltest schnell kommen". Ich für meine Person hoffte, das ein „übermüdeter" oder besser „übermütiger" Schichtler schlicht irgendwo die Notleine oder einen Notaustaster gedrückt hatte, was auch manchmal vorkam, um dann bald wieder zu den Girls zurückkehren zu können. Ich verabschiedete mich von den beiden Hübschen und von Princess Nakadindi ohne jedoch zu vergessen, wo mich die zwei Ladies wieder finden würden, sollte ich an diesem Abend nicht mehr zur Gesellschaft zurückkehren können. Und sie vergaßen meine Adresse nicht, nein, sie fanden mich schon bald.

Mein Betriebstaxi fuhr anschließend in mein Hotel, wo ich die „Ausgehkluft" gegen die Arbeitskluft tauschte und dann ins Werk. Alle warteten erwartungsvoll, ob ich denn diese Störung wieder hinbringen würde. Die Betriebsstörung war doch etwas ausgedehnter und komplizierter, aber schlussendlich behebbar.

Gibt es für diesen Abend oder dieser Nacht noch etwas zu erfahren, fragen sie vielleicht neugierig?

Maybe (kann sein), schließlich weiß man ja: Der Gentleman genießt - und schweigt.

Eine der beiden Schwestern des Abends

Giftig!?

Es war im tiefsten Busch in der neu zu errichtenden Bergwerkseinrichtung namens Kalengwa. Die Mine war ursprünglich für den Abbau von Silber geplant, doch dann entdeckte man eine reiche Kupferader, die ein 98%-iges Kupfererz aufwies, und das bei einer Abbaudauer von etwa 20 Jahren. Also eine reiche vielversprechende Ader, die nicht allzu groß und überschaubar war, weniger Investitionsaufwand benötigte, als der herkömmliche Bergbau erforderte und daher auch weniger Personal beanspruchte. Es war im Oktober 1970.

Wie eben überall, wo etwas Größeres entstehen soll, gibt es eine Menge von Leuten, die es errichten. In unserem Fall waren neben den einheimischen Schwarzen rund 20-25 Weiße, aus unterschiedlichsten Branchen und auch Ländern, die etwa 10% des Personals ausmachten. Die restlichen 90% waren ansässige Einheimische oder solche, die es dort noch wurden. Ein neues Dorf entstand, zwar vom Bergwerk etwas abseits, aber noch viel weiter von der nächsten Stadt Kitwe, die auf dem Landweg rund 500 km weit entfernt war. Die Straßen zu unserer Baustelle waren mehr als dürftig, somit auch beschwerlich. Für die Schnellversorgung wurde deshalb ein kleines Flugfeld errichtet, und wir wurden durch drei Kleinflugzeuge versorgt. Einmal pro Woche und zwar am Donnerstag kam das „Flying Doctor Service" und bezog die notdürftig eingerichtete Ordination, die unmittelbar am Rande dieses neu entstehenden kralartig angelegten Dorfes lag.

Zu diesem Zeitpunkt gab es mehrere Bergwerke in Sambia, die es zu errichten oder zu erweitern galt. Bodenschätze gab es reichlich. So zum Beispiel die Mine in Maamba, einem Kohlebergwerk oder Kupfer- und Kobaltadern, die es zu erschließen galt.

Werksgelände in Chingola

Überall wartete viel Arbeit auf die Techniker, Arbeiter und Ingenieure, die sich hier der Aufgabe gestellt hatten.

Nicht immer war die Aufschließung einfach, was häufig an den knapp gesetzten Terminen lag, um zeitgerecht und möglichst schnell zu einem wirtschaftlichen Erfolg zu kommen.

Wie fast überall auf internationaler Ebene gab es auch internationale Verständigungsschwierigkeiten, und es war wie das Amen im Gebet, dass sehr oft durch Missverständnisse auch etwas schief lief.

In Kalengwa etwa waren Engländer, Iren, Schotten und Waliser, die trotz der gleichen Sprache, jedoch aufgrund ihrer eingefleischten mentalen Einstellungen, die größten Schwierigkeiten mit ihrer Sprache und meist auch Sturköpfigkeit hatten. Dazu kamen Australier, Peruaner und US-Amerikaner zusammen mit Deutschen, Österreichern und Schweizern, die den Gegenpol bildeten. Der Rest der Mannschaft kam aus slawischen Ländern, - Griechen und Portugiesen, aber auch Südafrikaner rundeten die Party ab. Alles in allem also ein munteres Häuflein mit den unterschiedlichsten Mentalitäten und Lebenseinstellungen.

Die Hauptgruppe hier auf dieser Baustelle bestand aus etwa 25 sogenannten Europäern, dazu kamen einige

Hundert „Local People", also Sambianer meist schwarzer Hautfarbe und deren Familien, die wiederum verschiedene Stammeszugehörigkeiten hatten – und das hatte auch oft seine Tücken.

Somit war das Durcheinander perfekt und ebenso der Kauderwelsch, der teilweise gesprochen wurde. Für einen Außenstehenden wahrscheinlich ziemlich unwahrscheinlich, das Gesprochene zu verstehen. Es war daher auch verständlich, dass sehr oft nur Gesten und Mimik zusammen mit undefinierten Worten einen Begriff erst verständlich machten.

Die zu errichtende mehrstöckige Stahlbaukonstruktion war schon Monate vorher in Teilen angeliefert worden und lagerte etwa 100 Meter weiter entfernt auf einem eingerichteten Platz, der bereits von Gras überwuchert wurde. Dieses Lager hatte auch Blechhütten aus Fertigteilen, ein behelfsmäßig angelegtes Waschbecken und Dusche mit Warmwasser, das durch das Ziehen an einer Leine das von der Sonne erhitzte Wasser über die müden Körper rinnen ließ, ebenso gab es eine Toilette, bei der beim Niedersetzen auf die muschelähnliche Schüssel ein Schwarm aufgescheuchter Fliegen in die Flucht geschlagen wurde, aber dieser Augenblick war kurz. Ebenso die dort stattfindenden Sitzungen. So richtig urig.

Zurückkommend auf das Lager: Die Teile hatten Nummern, und der Zusammenbau funktionierte etwa wie bei einem Matator-Bastelkasten, nur waren die Bauteile erheblich größer und schwerer und meist nicht ohne Hebezeuge zu bewältigen. Natürlich gab es auch Teile, die man zu zweit tragen hatte können, um die Zeit des Einsatzes von schweren Geräten zu umgehen.

Wir hatten zwei Griechen in der Stahlbaukonstruktion, ein unzertrennliches Paar - ja, manche nannte sie sogar „Pärchen", bis zu jenem folgeschweren Tag. Sie hießen Alexander und Nikolaus und wurden kurz Alex und Nick genannt. Die beiden hatten die Aufgabe, die richtigen Bauteile von diesem Teilelager zu holen und zur Stelle des Zusammenbaus zu bringen.

Durch das offene Lager kam es natürlich vor, dass sich das eine oder andere Tierchen in unser Camp verirrte. Ein Buschbaby oder Pavian waren keine Seltenheit, abgesehen davon, dass so mancher von uns einen Vogel hatte oder kurz davor war, einen zu bekommen – ich persönlich zog es vor, bevor ich einen Vogel bekommen sollte, mir eine Katze zuzulegen. Andere hatten einen Hund. Später hatte ich ein Chamäleon. Schlangen hingegen waren nicht begehrt. Wir hatten bereits drei Unglücksfälle, und zwei Schwarze starben an den Folgen von Mamba-Bissen. Nur einer kam nach tagelangem Todeskampf lebend durch. Es war daher schon geboten, besonders vorsichtig zu sein. Oft gab es schlicht eine „Mamba-Hysterie", und beim geringsten Rascheln im Gras wurde gleich das Schlimmste angenommen.

Alex marschierte zum Lagerplatz, den Bauplan unter dem Arm, um ein Bauteil für den Stahlbau ausfindig zu machen. Die vorgefertigten Teile dazu lagen etwas abseits vom restlichen Lager. Hinterher stolperte Nick - wie konnte es auch anders sein, bei diesem unzertrennlichen Paar. Alex hob eines der Teile auf, schaute auf die Nummer, verglich diese mit dem Plan, sah keine Ähnlichkeit und ließ es wieder fallen. So ging es fast systematisch, Teil für Teil. Nick hob das nächste Stück Stahl auf, nichtsahnend sah er sich plötzlich einer „Mamba" gegenüber. So rasch konnte er gar nicht seine Hand zurückziehen, schon schnellte die Schlage heraus und biss zu. Sie erwischte ihn an einem seiner Finger. „Verdammt mich hat eine Mamba gebissen", fluchte Nick, „Alex, Aleeex…- , verdammt wo bist du, immer wenn man dich braucht bist du nicht hier!" Und mit südländischem Temperament und der Äußerung dramatischer Rachegedanken schlug er auf die Schlange ein, bis sie reglos liegen blieb. Er selbst sackte in sich zusammen, förmlich dem Sterben nahe.

Alex kam, sah und handelte. Kurz entschlossen sagte er: „Wo!?" Nick: „Hier am Finger, eine Mamba, Alex, eine Mamba…!". „Okay Nick, einen Moment". Alex fingerte ein Messer, einem Schlachtmesser ähnlich, aus seinem Hosenbund und hieb Nick den Finger ab. Ein kurzer Aufschrei, ein verdutzter Blick auf den Fingerstumpf. Gerettet! Jetzt konnte sich kein Gift mehr im Körper ausbreiten.

Durch das Geschrei aufgescheucht, eilten wir sofort zur Unfallstelle. Der Mine-Captain, ein buscherfahrener Engländer, stutzte, besah sich die Schlange und sagte etwas von „Natter" und dann: „Keine Angst Nick, die ist nicht giftig".

Nick's Gesicht verfärbte sich, wurde weiß, wurde rot und er sah aus, als wollte er Alex ins Gesicht springen. Alex's Gesicht wurde rot, wurde weiß, er setzte zur Flucht an. Und mit Schimpf und Geschrei stürzte sich Nick auf Alex. Er verfluchte und gab ihm alle unehrenwerten Namen, die so in der griechischen Sprache gebräuchlich waren und schlug auf ihn ein. Der Rest oblag dann dem Sanitäter, der seine Wunde versorgte.

Etwas später sah man beide wieder an der Unglücksstelle – um den abgeschnittenen Finger für den Doktor zu suchen – aber sie fanden ihn nicht mehr. Nur Fluchen hörte man noch die beiden und wie um dem Ganzen eine versöhnliche Note zu geben, trösteten sich beide damit, eigentlich Glück gehabt zu haben, denn es hätte ja wirklich eine Mamba sein können, und dann wäre er gerettet gewesen.

Fräsmaschine für den Erzabbau des Kupfers im Tagebau

Liebfrauenmilch

Ich hatte einen sehr treuen Freund als Arbeitskollegen, durch den ich auch Einblick in die indische Gesellschaft bekam, in die man in der Regel nur selten aufgenommen wird. Ausbildungsmäßig war er mir eigentlich überlegen, nur von der Praxis verstand er sehr wenig, damit waren wir ein ideales Gespann, wobei einer vom andern lernte. Er leitete die Elektro-Verteiler-Werkstätte, die schräg gegenüber in unserem Bauhof situiert war. Nachdem ich doch etwas vom Verteilerbau verstand und nicht voll ausgelastet war,

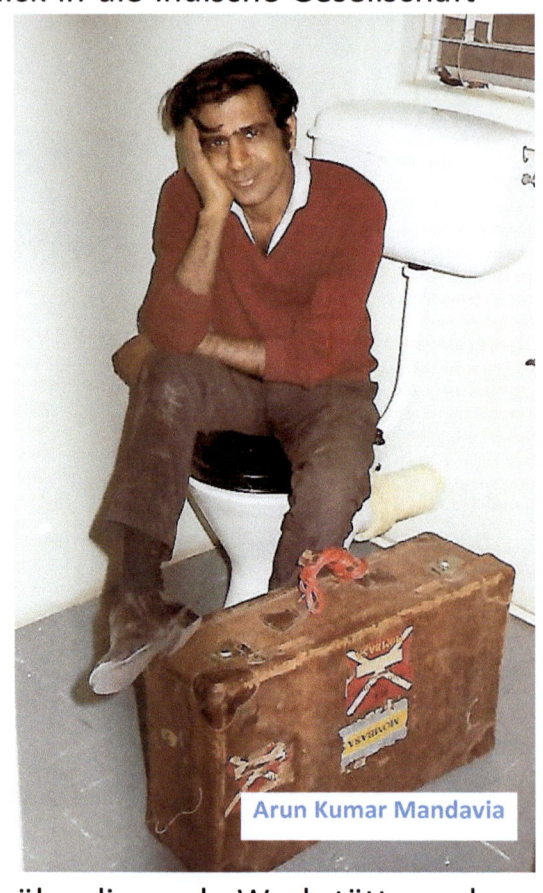

Arun Kumar Mandavia

spazierte ich in die gegenüber liegende Werkstätte und gab meine Tipps ab – nicht immer zur Freude der dort arbeitenden Leutchen, die lieber nach der alten gemächlichen zeitaufwendigeren Methode arbeiten wollten, weil das weniger anstrengte. Mein indischer

Freund, Arun Kumar Mandavia, war Universitäts-abgänger der technischen Uni des damaligen Bombay und später noch in Cambridge. Nach unseren Kriterien war er 2-facher Diplomingenieur mit viel Theorie und eben kaum Praxis. Die Elektrowerkstätte arbeitete im Verband mit Siemens, und die Gesamtleitung hatte ein älterer Schotte, der passenderweise McScotch hieß. Ich hatte damals ein Haus übernommen, das ich für meine Begriffe viel zu groß fand. Mandavia suchte eine Bleibe und wollte von seiner kleinen Junggesellenbude weg, sodass es naheliegend war, dass er in mein Haus einzog. Als Hauspersonal hatten wir einen Houseboy, der war auch nicht mehr der Jüngste, und für die Innengestaltung sorgte ein Housegirl, wobei wir fest-stellten, dass wir das besser alleine hinbringen konnten, weil es durch diese Frau mehr Durcheinander als Ordnung gab. Also bügelten wir unsere Wäsche von da an wieder selber.

Es brachte auch jeder seine momentan aktuelle Freundin mit (und auch wieder nach Hause), und wir verbrachten viel Freizeit mit gemeinsamen Aktivitäten und Plänen. Eine dieser Ideen entsprang dem indischen Männerkreis. Und ich kam offenbar gerade im rechten Augenblick.

Nach damaligen sambianischem Recht konnten nur Einheimische (meist Schwarze) und auch Europäer mit Kenntnissen in der Agrarwirtschaft, Grund und Boden im Land erwerben. Indischen Staatsbürgern oder Asiaten war es aber nicht erlaubt. Somit brauchte man einen Strohmann, der vorgab, diese Kriterien zu erfüllen – nämlich Kenntnisse im Garten- oder Ackeranbau zu haben. Und der Auserkorene war ich. Die indischen Geschäftsmänner und Industriellen hatten das notwendige Geld, sie wollten auch noch Gemüse- und Getreidebau angehen – und was hatte ich? Wenig Ahnung davon. Mein Vater wäre da schon nützlicher gewesen, aber der war ja in Österreich.

Also schrieb ich Papa, erklärte ihm den Sachverhalt und ersuchte ihn, mir doch ein Zertifikat auszustellen, das glaubhaft versichert, ‚ich bin der Richtige dafür'. Ein Zertifikat oder besser ein Zeugnis ist ja relativ schnell geschrieben, aber wer beglaubigt das nun, vor allem dann, wenn es in Deutsch abgefasst ist.

Wie abgemacht, bekam ich den Brief von meinem Vater mit einem handschriftlichen Zeugnis über meine Kenntnisse in der Landwirtschaft. Schön säuberlich geschrieben, so dass ich den Verdacht hatte, es hätte vielleicht meine Mutter geschrieben, denn die war die Schönschreiberin. Ich selbst konnte mich erinnern, dass meine letzte bäuerliche Tätigkeit in einem landwirtschaftlichen Anwesen daraus bestanden hatte, mich um die Fütterung von Pferden zu kümmern und beim Pflügen noch den Ackergaul zu führen. Und das im Alter von etwa 7 Jahren, und später war's ein

Traktor, ein 15-ner Steyr, den ich mit Standgas fahren durfte. Und das bei einem gut situierten Landwirt mit Gasthof, dessen Eigentümer keine Kinder hatte und unser Nachbar war. Erst später durfte ich bei Papa im Garten mithelfen, sprich Unkraut jäten. Ja, soviel zu meinen floristischen Vorkenntnissen.

Ich hatte also diesen Brief meines Vaters in der Hand, noch mit Kuvert. Es war auf alle Fälle einen Versuch wert. Schon einmal hat mir ein Richter des sambianischen Gerichtshofes eine Beglaubigung erteilt, und zwar, dass Ich eben ICH bin und meine Unterschrift auf einem Schriftstück echt sei. Nun, das war so etwas Ähnliches wie ein Notariatsakt und beruhte auf Wahrheit. Diesmal allerdings lag der Fall ein bisschen anders, - denn wie sollte ein Richter hier vor Ort beurteilen können, dass es sich bei der Unterschrift auf dem Papier um die meines Vaters, der in Österreich lebte, handelte.

Es war um die Mittagszeit. Die Sonne glühte herunter, und es war „Time for Lunch". Ich beschritt das Gerichtgebäude, um einen Richter oder Beamten zu finden, der das fragliche Stück Papier beglaubigte – und der mir auch glaubte, dass ich die Fähigkeit besässe, Ackerland zu bearbeiten, um eben Erträge erwirtschaften zu können. Was dabei zu bewirtschaften sein sollte, war noch nicht Thema. Man musste einmal Land haben und dann überlegen, was man auf dieser

Fläche anbauen konnte und wie es gedeihen würde. All diese Grundlagen für eine gute Ernte und die Vorsätze, die ich mitbrachte, waren die Basis für meine Vorsprache bei dem Gericht. Die Wände des alten Gerichtsgebäudes waren schon etwas abgegriffen, das Gebäude selbst hatte die besten Tage weit hinter sich. Es schien ausgestorben zu sein, alles war still. Plötzlich hörte ich hinter einer Tür ein feines Scheppern von Blechgeschirr. Ich klopfte an die Tür, aus dem das Geräusch kam. Und jemand auf der anderen Seite der Türe gab einen Laut von sich, wahrschein ein „herein" oder so. Ich trat ein.

Als ich den Raum betrat, sah ich einen leeren Schreibtisch und einige Akte und Zettel, und was ganz wichtig war - viele verschiedene Stempel. Alles leer, dachte ich und wollte mich schon umdrehen, da bemerkte ich einen älteren Schwarzen im dunklen Anzug mit Krawatte — am Boden sitzend — um seinen Lunch zu Mittag einzunehmen. Das Essen bestand, wie es hier üblich war in diesem Landstrich, aus getrocknetem Fisch und dem berühmten „Mili-Meal". Eine dem Sterz ähnelnde Substanz aus Maismehl, Fett und Wasser zusammen gemischt und püriert — die einem nicht dazu inspirierte, versucht zu sein, hier mitzuessen zu wollen. Der doch etwas übelriechende Trockenfisch, der dabei aufgeweicht wird, macht einen

Verzicht leicht. All das wird aus einem Blechnapf rausgelöffelt – mit den Fingern und ohne Löffel.

Der am Boden sitzende Herr wirkte sehr freundlich und nicht in seiner Ruhe gestört, wie man es vielleicht vermutet hätte. Er war sichtlich froh, etwas Gesellschaft zu bekommen. Es entwickelte sich eine sehr nette Gesprächsbasis über Väter und Söhne, und er erzählte auch von seinem Sohn. Ich könnte nicht mehr sagen was es war, aber sehr unterhaltsam. Langsam erkannte ich, dass es sich um den gleichen Richter handelte, mit dem ich schon einmal meine Beglaubigung abgewickelt hatte. Auch er musste mich erkannt haben, sodass eine gewisse Vertrauensbasis entstand. Das Verständnis für mein Anliegen war nun gegeben. Und die Unterschrift mit Beglaubigung wurde anstandslos erteilt.

Das beglaubigte Papier war reich mit Stempel- abdrücken und Siegeln versehen und wies auch als Andenken an diese Episode einen stilgerechten Fettfleck auf. Nachdem ich noch den Obolus geleistet hatte, wechselten wir noch einige nette Worte, und schließlich verließ ich wieder das Gebäude – und das mit einer Art Siegesgefühl.

Wie sagte schon immer mein Vater: „Mit dem Hute in der Hand, kommt man durch das ganze Land." Wie recht er doch hatte.

Am späten Nachmittag traf ich dann wieder Mandavia, der seine indischen Bekannten informierte, die daraufhin zu einem Piri-Piri-Chicken einluden.

In einer Bekleidungsfabrik sollte bei einem gemeinsamen Essen, die neue Sachlage besprochen und eine Strategie ausgearbeitet werden.

Dieses Essen fand einige Tage später statt. Etwa 50 Industrielle und Gewerbetreibende waren gekommen. Viele einzig aus dem Grund, um das Spektakel als Gast zu erleben. Alles Männer, die nicht den Eindruck erweckten, mit Geld gesegnet zu sein. Es war um die Mittagszeit an einem Sonntag. Die Werkhalle wurde in einen Speisesaal umfunktioniert, in dem mittig ein Kessel aufgebaut stand, dem man die Würze von Weiten anmerkte und dessen Odeur betörend gut roch. Scharf pikantes indisches Aroma halt. Scharf war noch ein harmloser Ausdruck, sodass sich alsbald die Schweißdrüsen öffneten und die Augen zu tränen begannen. Ich ging in den Waschraum der Firma, um mir den Schweiß von der Stirne zu waschen und mich einmal ordentlich zu schnäuzen, denn die Schärfe beanspruchte alle meine Schleimhäute.

Ich staunte nicht schlecht, da waren sie schon angetreten, die wackeren indischen Herren, die sich damit brüsteten, es könne nicht scharf genug sein. Jeder heulte und schniefte vor sich hin, und allen standen die Schweißperlen im Gesicht. Dabei hatte ich mich für ein wenig belastbares Weichei gehalten.

Es wurde gegessen und getrunken, als ob es etwas zu feiern gäbe, aber ich kann mich nicht erinnern, ob jemals Land angekauft oder gar ein Agrarbetrieb entstanden wäre oder ich sogar noch Land in Sambia hätte. Somit waren die Bemühungen umsonst, wir jedoch um einige Erfahrungen reicher. Jedenfalls war es lehrreich.

Eines war sicherlich bleibend; der die Erinnerung und der daraus resultierende Vorsatz, nie wieder ein indisch zubereitetes Piri-Piri-Hendl zu essen, denn man hatte auch noch Tage danach etwas davon, spätestens beim Gang zur Toilette. Da konnte man Sesam-Körner zur Neutralisierung der Schärfe essen, soviel man wollte, sie blieb hartnäckig bis zur bitteren Neige.

Es war wohl einige Wochen später, als Mandavia und ich einen kleinen Supermarkt in unserem Städtchen Chingola besuchten. Die Stadt bestand im Zentrum in der Hauptsache aus zwei Straßenzügen, wobei der eine vorwiegend bergauf führte und in Richtung Süden, der andere entgegengesetzt. In der Mitte war die Stadt geteilt und eine Kreuzung verband beide Straßen. Die riesige Bergwerksanlage als zweitgrößte Tagbaugrube mit etwa 5 km Durchmesser, war das zweitgrößte Kupferabbaugebiet der Welt. Sie lag im südöstlichen

Teil und war so angelegt, dass sich die Stollengänge über 10-12 Etagen sternförmig ausbreiteten. Es wurde behauptet, dass die unterirdische Abbaufläche bis zu 5 Kilometer ins Innere reichen würde. Die Tiefe der Stollen lag bei 1000 Metern. Soweit zur Bergwerksstadt Chingola.

Das Leben spielte sich größtenteils in Klubs ab. Jeder Klub hatte sein eigenes Lokal und Bar. Egal ob es der Country Club, der Mine Club, der Rugby Club oder sonst einer war. Natürlich gab es auch eine öffentliche Bar und ein Restaurant, eine Bäckerei mit Geschäft, aber auch ein Hotel war vorhanden, jedoch im bescheidenen Rahmen. Die britische Gesellschaft bevorzugte das Klubleben und die Resteuropäer waren auch ständiger Gast von allgemein zugänglichen Einrichtungen. Sehr viel spielte sich auch im privaten Bereich ab, wo eben die verschiedensten Partys abgingen. Getrunken wurde viel – und das von allen Schichten der Menschen dort, schließlich lag ja durch das Bergwerk viel Staub in der Luft – und der musste runtergespült werden. Die Hauptzielrichtung allerdings war der Arbeit gewidmet, das war ja auch der Grund, warum wir in dieser Gegend waren. Und für die spärliche Freizeit musste man sich eben Aktivitäten suchen, die den Alltag verschönerten.

Arun Kumar Mandavia und ich bei einem sehr seltenen „Löwenbräu"

Zurück zum Supermarkt: Wir fanden bei den neu angelieferten Waren auch solche aus „Old-Germany". So zum Beispiel einige Flaschen „Löwenbräu" – oder wie diesmal einen „Rheinriesling" namens „Liebfrauenmilch" irgendwo aus dem Rhein-Mosel-Gebiet. Und diese Raritäten wollten wir verkosten. Dazu gab es auch so etwas wie Leberkäse aus der Dose (aus Dänemark) und man staune: „Manner Schnitten". Die Mägen waren geeicht und konnten viel durcheinander vertragen. Wir kauften kunterbunt die unterschiedlichsten Lebensmittel und wollten, nein, wir machten uns einen gourmethaften Abend. Der Wein war gut verträglich, aber wir waren ihn nicht gewöhnt.

So tranken wir die Flasche leer und waren guter Dinge. Ja, so etwas beflügelt eben. Und frohen Herzens wollten wir dann zu unseren Freundinnen fahren, nur das Benzin würde für die Fahrt nicht reichen, so dass wir zuerst noch zur Tankstelle, unmittelbar auf einer der zwei Hauptstraßen neben dem Hotel, fahren mussten.

Beschwingt bestiegen wir unser Auto, einen Firmenwagen, und kutschierten ihn zur Tankstelle. Der Sockel der Tankstelle, auf dem die Zapfsäulen standen, war abgerundet und etwas oval gebaut, sodass man auch leicht am Rande anstreifte und den Reifen oder die Felge beschädigen konnte. Ich fuhr die Tankstelle an – und hoppla stand ich schon am Sockel und nahm gleich die gesamte Tankstelle in Zwangshaft. Sie wurde aus der Verankerung gerissen. Der Tankwart stürzte heraus und war zugleich sehr bestürzt. Mandavia auf dem Beifahrersitz verließ fluchtartig das Gefährt und widmete sich der Zapfsäule, um sie wieder irgendwie aufzusetzen, so gut es ging, zu richten und zu kaschieren, nach der Devise – es war nichts. Ich nahm einen Geldschein und beschwor den Tankwart, das Ganze für normal zu halten und nichts gemerkt zu haben. Es funktionierte, er hielt dicht, alles wurde vernebelt. Wir zogen es vor, ohne Benzin das Weite zu suchen. Und weg waren wir. Nicht fair, aber ratsam. Meinem Auto fehlte nichts, kleine Macken hatte es durch den Bergwerkseinsatz sowieso. Wir begaben uns also wieder nach Hause, ließen das Auto stehen – und machten uns zur Überwindung des Schocks – noch ein Bier auf. Die Nacht verbrachten wir friedlich schlafend ohne Komplikationen.

Am nächsten Morgen fuhren wir wieder zu unserer Tankstelle, diesmal um zu tanken. Der Besitzer stürzte heraus und jammerte etwas von einer Horde rabiater Zeitgenossen, die die Zapfsäule schwer beschädigt hätten und schimpfte gleichzeitig darüber, was das alles koste, er hätte doch sowieso so viele Unkosten zu tragen. Armer Kerl dachte ich, wir werden sammeln gehen müssen, während sich der leere Tank wieder füllte. Nur, dass wir wie eine Horde wilder Kerle wirkten, - ja, das machte mich schon nachdenklich, und ich sagte zu Mandavia, wir müssten vielleicht noch einen Benimmkurs besuchen. Meine Anteilnahme wegen der Sorgen des Tankstellenbesitzers war gut gespielt. Innerlich allerdings konnte ich mir ein Grinsen nicht verkneifen, weil bekannt war, was für ein Geizhals und Halsabschneider dieser Weiße europäischer Abstammung war, der seine schwarzen Mitarbeiter in jeder Beziehung kurz hielt.

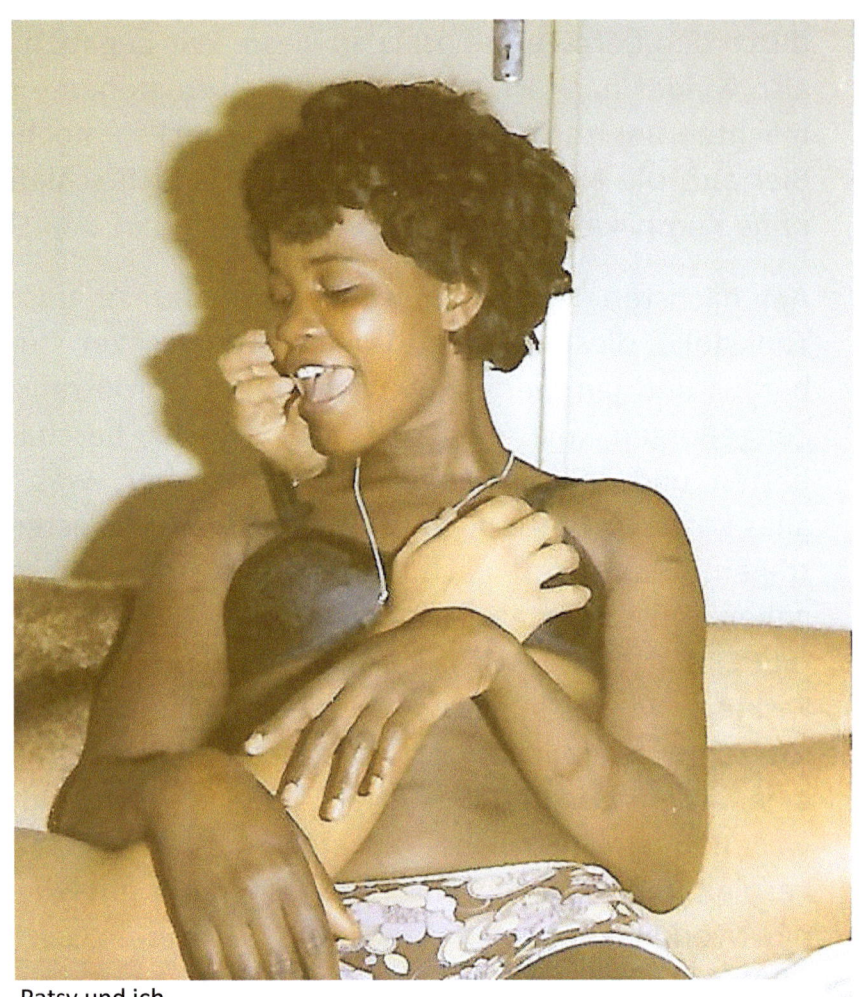

Patsy und ich

Wenn einmal Mandavia und ich zuhause waren und unsere beiden Freundinnen auch, dann konnte es schon vorkommen, dass es bei der gemeinsamen Toilette zu einem Engpass kam. Die Badewanne wurde stark beansprucht, und auch bei der Körperreinigung spielten die unterschiedlichen Mentalitäten eine Rolle. Aber auch die Benutzung der WC-Muschel war verschieden. Da gab es die normale Sitzbenutzung mit Brett, dann auch ohne Brett, und Mandavia machte sein Geschäft offenbar in der Hocke. Wie kommt man auf so eine Idee, dass das so sein müsste. Wiederholt fand ich am Muschelrand Schuhsohlenabdrücke, sodass man annehmen musste, jemand hätte auf der Klomuschel gestanden. Das wird jedoch zu einem Problem, weil man stehend sicher nicht kann. Also musste sich die Person in die Hocke begeben, um der Entleerung freien Lauf zu lassen. Die Frauen wiederum bevorzugten, wahrscheinlich aus hygienischen Gründen, es ohne bequem wärmerer Unterlage zu versuchen, - also gänzlich ohne Brett. So auch beim Waschen und Baden. Die eine stand bis zu den Knöcheln im Wasser und hat sich von oben bis unten gewaschen, die andere nahm hingegen nur Vollbäder. Na ja, und immer wieder kam es zu Wartezeiten, aber man hat sich auch an das gewöhnt. Gottlob gab es keine Darmepidemie, sonst wäre es schon sehr eng geworden und vermutlich sogar noch eine Panik ausgebrochen.

Das sind nur kleine Alltäglichkeiten, die doch nicht so oft vorkamen. Streitereien gab es hingegen gar nicht – und das war einfach das Schöne daran.

Am Weg nach Lumbumbashi

Die Arbeit hielt uns immer ganz schön auf Trab, und wir verdienten auch gut, aber Freizeit musste man ebenfalls haben, um wieder neue Impulse zu bekommen. Es ist dabei nicht immer einfach, die freie Zeit so zu verbringen, dass sie auch etwas Sinn ergibt. Mandavia und ich beschlossen eines Tages, doch auch einmal über die Grenze in den Kongo zu fahren. Die Grenze war etwa 50 km von uns entfernt, und die wilden Tage des Bürgerkrieges dort waren längst vorbei. Gesagt, getan. Ich glaube es war an einem Wochenende, an dem wir in Richtung Lumbumbashi, der nächsten Distrikthauptstadt des Kongo, aufbrachen. Die Witterung war ruhig, kein Regen, keine übermäßige Hitze, aber auch kein Sonnenschein. Wir waren ja schon einigermaßen erfahren in Bezug auf Straßenzustand und wollten nichts riskieren, noch dazu in einem armen, notleidenden Land, in dem man meilenweit reisen konnte, ohne einer Menschenseele zu begegnen.

So fuhren wir zur sambianischen Grenzstation und wurden rasch abgefertigt. Nun ging's kilometerweit ins Landesinnere, wobei wir den Eindruck hatten, dass hier entweder keiner wohnte oder auch wohnen durfte. Unwegsames Gelände kam uns entgegen. Wir strebten der Grenzstation des Kongo zu, die ebenfalls als

Lumbumbashi bezeichnet wurde. Wir dürften 30-40 Kilometer gefahren sein, da tauchte plötzlich eine kleine Baumgruppe auf mit einem gemauerten, etwas abgewrackten Gebäude und einem Schlagbalken, der die Straße versperrte. Entlang dieser Schranken patrouillierten einige uniformierte Grenzsoldaten oder irgendwelche Milizen, so genau konnte man das nicht sagen, weil die Uniformhemden auch unterschiedliche Farbnuancen aufwiesen und die Kopfbedeckungen zwischen Barett und Helm oder sonstiger Hutmode variierten. Dazu kam eine jeweils kurze Hose, die an diesen Kleiderständern, sprich Soldaten hing, festgezurrt mit einem Strick oder nobel mit einem Gurt. Geschultert wurde neben der Maschinenpistole oder einem Sturmgewehr, der dazugehörige Patronengurt. Die Füße waren nackt, man brauchte, oder hatte keine Socken. Was diese Leute an den Füßen trugen, war ziemlich speziell. Es mochte sich dabei um Altbestände handeln. Die Schuhe waren derb und gingen über die Knöchel, hatten jedoch keine Schnürsenkel. An deren Stelle hielten dünne Drähte das Leder fest zusammen. Auch selbst gefertigte Schuhe waren dabei, die aus alten Autoreifen in Handarbeit entstanden waren. Ja, diese „Armee" war nicht gerade vertrauenserweckend, das Wichtigste bei der Ausstattung dürfte die Knarre gewesen sein, die betont zur Schau getragen wurde – und wahrscheinlich auch locker saß.

Man hieß uns aussteigen, um die Zollformalitäten im Gebäude zu erledigen. Dort saß der Zollbeamte, der die Amtsgewalt ausübte. Wir wandelten einen schlauchähnlichen, verwahrlosten und verdreckten Gang entlang, in dem es auch Hühner gab, die neben uns umher spazierten. Wir drangen den Gang entlang vor. Am Ende dieses Ganges war ein Schreibtisch situiert, hinter dem ein schwarzer Beamter mit Brille, einem weißen Hemd mit Krawatte und dunklem Sakko saß. So bot sich das Bild ü b e r der Tischplatte dar. Blickte man u n t e r die Tischplatte, sah man eine Person sitzen, die eine kurze Hose trug und die gleiche Ausstattung an Adjustierung aufwies, wie die Kollegen an der Schranke. Ein sehr eigenartiges Bild, da es ja die gleiche Person war, der wir gegenüber standen. Die Hühner hatten auch hier ihre Freiheit, und oben auf einem Regal stolzierte ein Hahn, der Neuankömmlinge neugierig musterte. Fehlte nur noch, dass er sein unverkennbares Kikeriki als Begrüßung krächzte.

Die Formalitäten waren schnell erledigt, jeder von uns hatte 10 Kwacha (entsprach damals etwa 25 €) zu bezahlen, was für diese Leute ein kleines Vermögen darstellte. Und nun waren wir wirklich im Kongo — jedoch ohne Plan und ohne Ziel. Eigentlich nur um dort gewesen zu sein, denn was die Straße anbelangte war es alles andere als einladend, weiter ins Landesinnere vorzudringen. Nach etwa 20 Kilometer landeinwärts zogen wir es vor umzukehren, denn auch die Witterung kündigte Regen an, der dann die Straße in eine Schlammpiste verwandelt hätte. So etwas kannten wir schon – und brauchten wir nicht.

Also wieder retour – mit der ganzen Prozedur der Formalitäten. Geld bekamen wir natürlich keines zurück. Der Eindruck von Land und Leuten war jedoch sehr aufschlussreich und trotz der Kürze informativ. So schnell wollten wir nicht mehr in den Kongo.

Sysiphos lässt grüßen – oder die Hoffnung stirbt zuletzt

Die Chingola Mine wurde ständig erweitert und benötigte deshalb auch immer Arbeiter, die es hieß, auch irgendwo unterbringen zu können und wohnen zu lassen. Meist hatten diese Einheimischen schon Familien oder waren kurz davor, welche zu gründen. Es kam aber auch vor, dass sie in einfachsten Behausungen wie Blechhütten oder noch schlimmer, welche ohne hygienische Einrichtungen oder Strom, nur mit dem Notwendigsten ausgestattet, wohnten.

Die Bergbauverantwortlichen sahen daher vor, eine eigene Siedlung mit Nahversorgung zu errichten. Es sollte hier eine Siedlung entstehen, die etwa 2000 Personen aufnehmen konnte. Das hieß auch gleichzeitig die Errichtung von etwa 500 Einzelhäusern, Nahversorgern, einem Gemeinschaftszentrum mit Kirche und der dazugehörigen Infrastruktur wie Straßen, Wasser, Kanal und Strom.

Mir oblag die energetische Versorgung und Verteilung. Von der Organisation bis zur Durchführung – alles wanderte über meinen Verantwortungsbereich. Es begann mit der Errichtung einer Trafo-Station, aus der von der Hochspannungsebene in die Niederspannung transformiert wurde. Den Endverschlüssen für die

Einspeisung der Papier- und Bleimantelkabel musste dabei besondere Aufmerksamkeit geschenkt werden. Mandavia war mein Assistent mit den theoretischen Kenntnissen. Ein Grieche namens Theo war eine weitere Stütze. Der Rest bestand aus Farbigen und Schwarzen, meist ohne Ausbildung, aber doch mit einschlägigen Kenntnissen. In Summe zählten wir etwa 15 Monteure mit den unterschiedlichsten Aufgaben.

Mandavia und ich widmeten uns dem Herzstück der Energieversorgung des entstehenden Dorfes - dem Trafo. Nachdem das Fundament gebaut war, der Trafo darauf errichtet worden und in einer Blechhütte eingehaust war, richteten wir uns über die hochspannungsseitigen Anschlüsse, mit Kabeln, die zu dieser Zeit in europäischen Ländern schon nicht mehr verwendet wurden. Im Klartext: Hochspannung war Neuland und diese Kabel mit Endverschlüssen sowieso. Aber man darf sich keine Blöße geben, dachte ich und arbeitete drauf los. In mitgebrachten Fachbüchern blätternd und mit guten Ratschlägen aus diversen Unterlagen gerüstet, gingen wir ans Werk oder hätte man besser mit „werkeln" bezeichnen sollen.

Mandavia hatte so viel Ahnung, wie ich sie hatte, hat jedoch gewusst, dass das zu vergießende Material (eine teerähnliche Substanz) nicht die Grenztemperatur nach oben überschreiten durfte, weil sie dann nicht mehr die Konsistenz aufwies und bei gewissen Situationen auch gefährlich werden konnte. Die Temperatur kam in die Nähe der Solltemperatur, aber es war noch zu wenig hoch.

Die Erhitzung des Bithumenkessels

Mandavia und ich unterhielten uns sehr gut, und hin und wieder kamen verschiedene Besucher des Weges, mit denen man einige Worte wechselte, sodass man auch nicht immer auf die Kesseltemperatur konzentriert war. Und nach etwa zwei Stunden waren die Grade erreicht – oder waren sie schon wieder gesunken – keiner wusste es so genau. Das Kabel lag im Verschlussteil zum Vergießen. Das Bithumen-Material auch – also füllten wir den Verschluss. Nun musste er nur mehr aushärten und fertig war der Zauber. Soweit, so gut.

Vorangegangen war die Verlegung des Hochspannungskabels auf der 11 kV-Spannungsebene. War ja auch nicht ganz komplikationsfrei. Wir hätten zum Ausrollen des schweren Kabels mindestens 15 – 20 Helfer benötigt, hatten sie aber nicht. Das Anfordern von höherer Stelle dauerte erfahrungsgemäß zu lange, also wie Ausrollen, und wie kommt das Kabel in die gegrabene Künette? Mandavia und ich fuhren in die Stadt, um Leute zu organisieren, außerdem hatten wir schon längere Zeit nichts mehr gegessen, sodass wir uns auch mit Sandwiches versorgten. Einige Stunden waren vergangen, und wir kamen zur Baustelle zurück. In der Zwischenzeit war unser lieber Theo aktiv, etwas zu aktiv. Er war des Wartens überdrüssig – schließlich wollte er das Kabel endlich loswerden. Er spannte den Kleinlaster als Zugpferd ein und hängte den Anfang des Hochspannungskabels an, um dann das Kabel von der Rolle zu ziehen. Das war natürlich keine gute Idee. Das

Kabel war nun endlich ausgerollt. Es lag ruhig, zu ruhig, bis es zu knacken begann und sich auch zu dehnen. Das Kabel war plötzlich nicht mehr rund, es nahm die verschiedensten Formen an – und begann in unregelmäßigen Abständen auch mit leichtem Krachen zu reißen, zu bersten, ja buchstäblich aus dem Gewebe zu platzen. Und das über hunderte Meter! Na, das hatte Theo toll und gekonnt gelöst! Er wurde von mir gerügt, nein gescholten – er jedoch verwies auf seine Zertifikate und Diplome, die darüber informierten, dass er ein Fachmann sei und war. Leider hatte man vergessen, ihn darauf hinzuweisen, wie man ein Kabel ausrollt. Mit solchen Spezialisten konnte man keinen „Krieg" gewinnen. Wir legten das Kabel, so wie es war in Erde, die ja staubtrocken war und vergruben diesen groben Fehler. Was man nicht mehr sieht, erinnert auch nicht ständig an die Sache.

Das Kabel wurde schließlich beidseitig angeschlossen. Die eine Seite von der Hochspannungsversorgung, die andere durch den Endverschluss am Trafo.

Nun kamen die Hauptverteilung und die Unterverteiler dran. Prinzipiell keine Arbeit, die Schwierigkeiten vermuten ließ. Die Kabelwege waren schon gegraben, die Unterverteilungen standen auch, sie hatten nur noch keine Anschlüsse und warteten auf die Versorgungskabel. Die Wege von der Hauptverteilung zu den Unterverteilungen waren meist lang und führten über verschiedene Straßenzüge und Häuserfronten, sodass man die Enden nicht mehr sah.

Die Armut war groß, die Arbeitslosigkeit ebenso, obwohl es genug Arbeit gegeben hätte, nur haperte es an der Ausbildung, die teilweise nur soweit reichte, dass man der einheimische Bevölkerung sogar erklären musste, wozu man einen Schraubenzieher benötigt. Andrerseits war der Lernwille meist da, aber es gab natürlich Ausnahmen, die nicht wollten, konnten oder einfach dachten, warum soll ich.

Mandavia mit der dahinterliegenden Trafostation

Diese Leute bedienten sich der einfacheren Methode und verscherbelten was sie „fanden", wobei beim „Finden" größtenteils nachgeholfen wurde.

Das eine Ende des Kabels mit gut dimensioniertem Querschnitt wurde bei der Hauptverteilung angeschlossen. Dann ging es zum anderen Ende – aber es war nicht mehr da – es war einfach abgetrennt worden, der Einfachheit halber mit einer Hacke. Die Enden mit gutem Kupfergehalt wurden wahrscheinlich im nahegelegen Kongo veräußert. So ging es tagelang dahin, einmal ein Ende bei der Hauptverteilung, einmal bei den Unterverteilern. Die Kabel mussten fast jedes Mal getauscht oder verlängert werden – und das kostete Zeit und natürlich auch Geld. Ich stellte zusätzlich 8 Leute ein, die die Aufgabe hatten, die Enden zu überwachen. Plötzlich fehlten Kabelstücke in der Mitte. Ich setzte Wachen auch während der Nachtstunden ein. Den diesen war dies offenbar egal, denn dann wurden die Erdungen abmontiert, das waren Kupferschellen mit blanken Kupferdrähten, die jedes Haus hatte, und die einfach verschwanden.

Ich setzte ein Kopfgeld aus. In dieser Zeit nächtigte ich im Bauhof in einem Raum neben dem Büro. Eines nachts gab es nahezu tumultartige Szenen. Das Geschrei und Gejammer hörte sich an, als wäre jemand das Opfer von Lynchjustiz geworden. Ich zog mich rasch an und eilte hinaus. Da waren sie nun, meine Monteure und Helfer, aufgebracht und erhitzt durch Drohgebärden und schlugen auf ein Häufchen Elend ein – es war der Dieb, der uns tagelang beschäftigt hatte.

Triumphierend führten sie ihn mir vor, in der Erwartung, dass ich jetzt ein hartes Urteil fällen würde. Anfangs war ich auch versucht, hart zu sein, aber angesichts seiner Armut, die man auch an seiner Kleidung erkannte, habe ich ihn nur eindringlich ermahnt, solche Dinge nicht wieder zu tun. Ob es half, weiß ich nicht. Wir hatten jedenfalls ab diesem Zeitpunkt unsere Ruhe – und die Anlage konnte geprüft werden – was sie übrigens anstandslos überstand – worauf sie in Betrieb ging. Die Häuser wurden bezogen, und erst Monate später kamen wir in diesem Township wieder vorbei. Es war in der Regenzeit. Es hatte ausgiebig geregnet.

Wir fuhren in diesen etwas abseits gelegenen neuen Teil der Stadt Chingola, vorbei an unserer Trafostation, wo wir uns bei einigen Leuten der Bevölkerung erkundigten, wie es sich hier so lebte. Jeder hier war zufrieden. Bei genauerem Hinsehen allerdings fiel auf, dass größtenteils alles, was nicht „niet- und nagelfest" gewesen war, kurzerhand abmontiert und offenbar zu Geld gemacht worden war – auch unsere nachgerüsteten kupfernen Erdungen. Ja, so ist mal das Leben, gegen Unwissenheit kämpft man wie gegen Windmühlen – vergebens. Denn, wenn die dort lebende Bevölkerung nicht unterscheiden kann zwischen „mein Haus zu bewohnen" und „ein Haus bewohnen zu dürfen", wenn man also der Meinung ist, das Wohnen ist damit verbunden, dass es sich automatisch um mein Eigentum handelt, mit dem ich machen kann, was ich will, ja dann fehlen einem die Worte, und Aufklärung wäre angebracht, aber das ist Aufgabe der Bergwerksgesellschaft.

Wir konnten jedoch feststellen, dass bis zu diesem Tag unsere verlegten Kabel dicht hielten und auch der Endverschluss beim Trafo – bis zu dem Zeitpunkt, wo Mandavia mich ganz sanft in die Rippen gestoßen hatte und dabei raunte: „Du, schau einmal zur Trafostation, die raucht ja – ich glaube, die wird nicht mehr lange halten". Dann gab es einen Knall und die Siedlung war stromlos. Die Dichte des Kabels war durch die durchsickernde Nässe nicht mehr gewährleistet gewesen – Kabelschaden – wahrscheinlich ein versteckter Mangel am Kabel oder Lagerschaden, oder vielleicht auch was anderes.

Den Leuten dort war es egal, man lebte auch vorher ohne Strom. Das Kabel wurde einfach getauscht – Instandhaltungsarbeit also – Sysiphos lässt grüßen.

Chingola Mine – Tagbauanlage für die Kupfergewinnung aus Erz, 1970

Der mit dem Inder

Ich war schon lange wieder in Österreich und übte meine Tätigkeit als Techniker im Bereich Energieoptimierungen und Management aus. Meine Kunden und zu beratende Unternehmen waren Großbetriebe und die Industrie, aber auch Freizeit- und Tourismusbetriebe zählten dazu. Ich führte dabei ein sehr abwechslungsreiches, interessantes berufliches Leben. Zuerst bei einer sehr bekannten großen Firma und später als Selbständiger. Auch Technische Büros wurden sehr oft beraten. Es war etwa 20 Jahre her, nachdem ich dem afrikanischen Kontinent den Rücken gekehrt hatte, da konnte man erkennen, dass trotz der großen Zeitspanne, die in der Zwischenzeit vergangen war, mein damaliger Weggefährte Mandavia und ich keine Unbekannten waren und einen bleibenden Eindruck hinterlassen hatten.

Ich befand mich in einem Ingenieurbüro in Salzburg, um Ratschläge für ein Versorgungskonzept zu erteilen. Der dafür zuständige Sachbearbeiter erzählte mir so nebenbei, dass auch er, von Südafrika kommend, kurz in Sambia gearbeitet hatte. Als ehemalige Kollegen in Afrika, war das „Sie" bald vergessen. Plötzlich erhellte sich jedoch seine Miene – aha, Geistesblitz dachte ich – und schon sprudelte es aus seinem Mund: „Gell, du bist der mit dem Inder!"

Leugnen war zwecklos, wozu auch – ich konnte das nur bejahen – nein, es freute mich sogar, dass man so in Erinnerung geblieben war.

Warum schläft heute Nacht der Löwe nicht?

Wenn einem 10 Monate der Zivilisation abhanden kommen, dann ist das Zurückkehren in die sogenannte normale Welt wieder gewöhnungsbedürftig, ebenso umgekehrt. Es sind sehr oft zwei Welten, in denen man lebt. Und wenn man zurückkehrt, so finden andere oft, dass man von einem anderen Stern angereist sei.

In 10 Monaten wilden Lebens, beginnend von Rodung über Schaffung einer notwendigen Infrastruktur bis zur eigentlichen Aufgabe – dem Bau eines neuen Bergbaubetriebes – ja da gibt es viel zu erzählen, denn täglich findet das Abenteuer statt, ohne es zu provozieren oder den Begriff zu strapazieren. Es passiert einfach und meistens unverhofft im Guten wie auch im Bösen.

Wir bauten Flugfelder, Straßen, die auch solche waren, weil schwere Fahrzeuge darauf fuhren. Wir bauten unsere Unterkünfte, ein Gemeinschaftshaus mit Küche, Bar und Sanitätseinrichtung, und wir bauten Werkstätten und Büros. Wir schafften Brunnen und damit Trinkwasser, eingehaust in einem Blechkontainer, um gegen Verschmutzung gewappnet zu sein. Wir errichteten die elektrische Versorgung, und für das naheliegende Dorf und unseren Arbeitern ein

Ärztehaus. Wir waren am Anfang etwa 20 Weiße, jeder mit einer anderen Aufgabe betraut und jeder mit einer Gruppe Einheimischer als Helfer. Wir wurden für diese Aufgabe ausgesucht und wussten – nur zusammen sind wir stark. Die Stimmung war manchmal hart, aber herzlich. Raue Töne waren an der Tagesordnung.

Es war wieder an einem sonnigen Morgen, die Hitze war schon relativ ausgeprägt, und auch das Land begann aufgrund der lang anhaltenden Trockenheit nach Regen zu lechzen. Tiere fanden nur mehr schwer eine Tränke oder es war der Fluss zu weit weg, der ebenfalls kurz vor dem Austrocknen war. Ich ging mit einigen Helfern in das Pumpenhaus der Brunnenanlage, um die wöchentliche technische Kontrolle und ein mögliches Instandsetzen zu machen. Es war wohl nicht meine Aufgabe, aber mein Kollege war anderweitig beschäftigt.

Ich ging zum Brunnenhaus, um die Türe zu öffnen, die nach innen aufging. Sie war, wie hier meist alles, unversperrt, denn wer sollte irgendetwas in dieser Gegend nehmen wollen und dann verschwinden. Es gab keine Diebstähle, folglich auch keine Diebe. Ich öffnete die Tür, um den Raum zu betreten, in dem sich auch die Verteileranlage befand. Ich machte auf – und schneller noch zu, etwas Größeres befand sich im Raum und pfauchte mich an – es war ein Löwe, den offenbar der Durst plagte und der Wasser trinken wollte. Und hier auch ausgiebig trinken konnte. Er kam ja spielend leicht in den Raum, aber die Türe fiel hinter ihm zu, sodass er gefangen war und wahrscheinlich schon einige Tage hier ausharrte - zumindest diese Nacht. Diese wilde Großkatze musste schnellstens befreit werden, denn die Gefahr bestand ja auch, dass wir plötzlich ohne Wasser dastehen. Ich schickte einen Helfer zurück, um den „Big Boss" zu holen, und um einen Strategieplan für die problemlose Befreiung auszuarbeiten. Das Tier sollte ja nicht in Rage kommen und dann unberechenbar aggressiv werden. Das Problem war, dass die doch relativ enge Tür nach innen aufging mit einem einfachen Federzug, damit sie sich wieder schließt.

Nach einer Weile kam eine Art „Überfallskommando" und wollte einfach loslegen. Ich gebot aber Einhalt und forderte die Kollegen auf, doch zu überlegen, wie man dieses Tier befreien sollte, ohne es zu viel zu beunruhigen. Es war ja bereits gereizt und wahrscheinlich auch hungrig. Ich gab auch zu bedenken, dass vielleicht das ganze Rudel in der Nähe war und lauerte. Das hätte ich besser nicht gesagt. Leichte Panik brach aus und mancher wollte sich heimlich aus dem Staub machen. Ich forderte einen Kleinlastwagen-Fahrer auf, mit einigen Helfern lange Stangen zu holen und auch Brennholz oder Fackeln, wenn vorhanden, mitzubringen. Auch Scheinwerfer, wie sie bei der Montage abends und nachts verwendet wurden, sollten mitgebracht werden, um das Tier eventuell zu blenden und einzuschüchtern. Wir wollten hier kein Tier töten oder verletzen, es sollte diese ungewollte Stätte heil verlassen können.

Wieder verging eine Weile, und die Leute hatten alles mitgebracht, was wir nun benötigen sollten. Es wurde aus Fackeln ein Korridor gebildet, dahinter waren einheimische Schwarze mit ihren Staken und Stangen, die das Tier abhielten, aus Panik Übergriffe und Angriffe auf Personen zu machen. War nur mehr zu klären, wer öffnet nun die Tür und wie öffnet man die Tür, um nicht „überrollt" zu werden. Irgendjemand aus der Gruppe hatte eine Idee, die funktionieren konnte. Das aufgesetzte Blechdach hatte eine Einlassöffnung, um mit einem Kran oder anderen Hebezeug, die schweren Elektromotoren der Pumpenwerke oder andere Gerätschaften auch heben und tauschen zu können. Das war die Chance, von dieser Öffnung mit einer langen dünnen Stange ähnlich einer Angel, auf dem eine feste und etwas steife Schnur angebracht wurde, an der man dann eine lasso-ähnliche Schlinge befestigt hatte, die Türklinke einzufangen, um dann die Türe nach innen ziehen zu können. Es war eine Geduldsprobe, weil dieses Löwenmännchen sich bedroht fühlte und immer nach der Stange hakte und sich auch mal verhedderte. Außerdem ging es nur zu zweit, um die Stange ordentlich in Balance zu halten. Ein Dritter musste aufs Dach, um die weitere Maßnahme zu tätigen. Der hatte nun einen kleinen batteriebetriebenen Scheinwerfer mit dem er den Löwen blendete und ablenkte, um für einen kurzen Moment die Schnur einhängen zu können. Es funktionierte besser als erwartet. Nun kam der Moment, die Tür zu öffnen.

Die Sonne strahlte mittlerweile schon stark und heftig. Die Sonnenstrahlen erhellten nun den Innenraum des Pumpenhauses, und es musste dem Löwen vorkommen als wenn sich nun die Freiheit bieten würde. Trichterförmig nach außen hin offen stand die Mannschaft Spalier, um ihm mit den Stangen und den feurigen Fackeln den Weg nach draußen zu weisen. Ein spannender Moment, der unspektakulär sein Ende fand.

Unerwartet spazierte, nein stolzierte der „König der Tiere" erhobenen Hauptes in die Freiheit. Es war majestätisch anzusehen, wie er, doch dann immer schneller werdend, im Busch verschwand.

Uns war es natürlich auch wieder wohler in der Haut. Ein schönes Erlebnis fand auch sein positives Ende. Ab diesem Zeitpunkt wurde die Türe anders angeschlagen, also nach außen. Denn eine Forderung war sinnlos:

Macht doch ein Schloss an. Es hätte doch keiner davon Gebrauch gemacht und zugesperrt.

Am Krokodil-Fluss

Irgendeinen Verrückten in der Gruppe gibt es immer. Wir waren offenbar schon zu lange in Kalengwa, fern jeglicher Zivilisation und schlugen in der notwendigen freien Zeit auch manchmal die Zeit tot, oder es wurde mangels anderer Betätigungsfelder, außer der der täglichen Arbeit für die Errichtung eines neuen Werkes eben langweilig. So hatte zumindest jeder ein Haustier, nicht immer ein alltägliches. Auch wollte man vielleicht den dschungelartigen Busch erkunden, aber ohne Waffe war das nicht immer ratsam. Wir hatten einen passionierten Jäger in unserer Runde, ich glaube er war ein Australier, der hatte natürlich auch ein Gewehr. Eines sonntags rief er die Gemeinschaft auf, wer mit ihm auf die Jagd gehen wollte, sollte sich nach dem Essen bei ihm einfinden. Und es kamen – alle Weißen. Somit waren wir zwanzig Jagdwillige mit einem Gewehr. Ich fühlte mich an eine Phalanx erinnert, in der die Krieger in einer langen Reihe kämpften, aber noch mehr an das Märchen von den sieben Schwaben, die mit nur einem Spieß in den Kampf zogen. In unserem Fall war das Verhältnis noch krasser mit 20 Mann und einer Knarre.

Und so kam der bunte Haufen nach dem Lunch zusammen. Bunt im wahrsten Sinne des Wortes und mit markigen Sprüchen auf den Lippen. Das kann lustig und laut werden. Bunt, weil jeder irgendwie anders gekleidet war. Der eine hatte T-Shirt und Shorts und hohe Schuhe, der andere anstatt der hohen Schuhe einfachste Badeschlapfen. Wieder ein anderer kam voll adjustiert als Großwildjäger dazu mit langer Hose, jedoch mit Kamera. Der eine hatte einen Hut mit fellbesetzter Umrandung, ein anderer eine khakifarbene Kappe nach der Art eines Fremdenlegionärs aufgesetzt, die meisten hatten jedoch keine Kopfbedeckung. Manche sahen so aus, als würden sie ins nächste Freibad, gehen und so bestiegen sie drei Pick-ups. Immer zu dritt in einer Fahrerkabine und der Rest auf den Ladeflächen.

Wir durchquerten über mehrere Kilometer dichten Busch und unwegsames Gelände. Die überaus laute über Land fahrende Gesellschaft fühlte sich gegen Fremdeinflüsse sicher. Alle waren fröhlich, war das doch einmal eine Abwechslung und ein Ausbruch aus der einkehrenden Monotonie. Irgendwelchen Tieren zu begegnen konnte ausgeschlossen werden. Das polternde Gedröhne und das laute Gelächter würde auch das lahmste Wild verscheucht haben, sodass nicht damit zu rechnen war, irgendeiner Kreatur zu begegnen oder es vor die Flinte zu bekommen. Aber das war uns so gar nicht wichtig.

Wir gelangten zum Fluss, der ja auch so manches Getier beherbergte und versuchten nun hier unser Glück. Alle

Leute stiegen aus oder sprangen von den Ladeflächen. Und nun standen sie wieder auf Mutter Erde, unten am Fluss. Einen Angriff von Kriechtieren musste man nicht befürchten, dazu war das Getrampel dieser Horde von kindischen Männern mit lautem Getratsche und Gelächter zu auffällig und intensiv. Schlange, Geckos und Co traten schon weite Strecken vorher die Flucht an. Den Moskitos war es zu dieser Tageszeit zu heiß aber einige Spinner wanderten durch die Glut der Tageshitze.

Baden ging keiner. Es wäre auch nicht einladend gewesen. Das Wasser war sehr dunkel und die Randbereiche mit Algen und Moosen durchwachsen, aber am oder im Wasser konnte man nichts Verdächtiges, was auf ein Lebewesen hätte schließen lassen, erkennen.

Plötzlich erhellte sich der Blick des Jägers, er hatte ein Tier ausfindig gemacht – und was für eines! Ein Krokodil war aus dem Nichts aufgetaucht und fixierte uns. Es war schon ziemlich furchteinflößend. Es wurde auch augenblicklich still und unser Jäger trug uns auf, einen respektvollen Sicherheitsabstand zu suchen, weil diese Viecher plötzlich herausschnellen aus dem Nass und es möglicherweise nicht das Einzige war. Diese Echsen kann man nicht so verscheuchen, die gehen auf Angriff oder bleiben sprungbereit liegen und man kann ihnen nicht trauen. Unser Krokodil-Dundee Bill kannte sich da aus, und machte sich bereit, dieses Reptil zu erledigen. So etwas muss sehr gezielt erfolgen, auf einer Fläche von etwa einem Quadratdezimeter über den Augen konnte der Schuss auch tödlich sein. Sollte der Schuss daneben gehen, so ist die Reaktion nicht absehbar und kann Folge eines Angriffs werden. Solange das Tier noch unbewegt im Wasser lag, war der Zeitpunkt gut. Er legte an und ein Knall schreckte etliche Vögel auf. Das ging relativ schnell. Das Krokodil lag nun regungslos im seichten Wasser und musste nun herausgezogen werden. Nachdem es nicht einladend war, ins Wasser zu gehen oder tiefer zu waten, fiel uns ein: wir hatten ja Seile im Auto, mit denen wir das leblose Tier heranziehen und letztlich bergen – könnten. Letzteres war keine einfache Aufgabe, denn das Tier hatte eine geschätzte Länge von sechs Metern, vom Gewicht gar nicht erst zu reden. Natürlich einige hundert Kilogramm.

Wir wollten die tote Echse auf einen der Pick-Ups verladen, mussten es jedoch bei einem Versuch belassen. Diese Fracht benötigte einen LKW und einen Ladekran mit Seilwinde. Das Tier ließ sich auch nicht mit bloßen Händen anfassen, weil die lederne schuppige Unterseite des Körpers nicht nur glitschig war, sondern weil auf der Rückenfront, die einer Hornhaut gleich ist, unzählige Dornen und Stacheln waren, an denen man sich ganz schön verletzen oder zumindest die Haut der Hände aufreißen konnte.

Einige Stunden später, knapp vor Sonnenuntergang, lag der Kadaver des Reptils im Camp und wurde fachmännisch aufgeschnitten und zerlegt. Die Einwohner umlagerten im Respektabstand das Tier und nahmen das Fleisch für den Eigenbedarf entgegen. Bei dieser Sezierung zeigte sich, dass es sich um ein Muttertier handeln musste, da wir eine Menge an Eiern im Inneren des Körpers fanden, die wir fürs erste sorgsam verwahrten. Später wurden sie an einer sonnigen Stelle in einem seicht gezogenen Graben in den Sand gelegt und leicht mit Sand überschüttet,

damit die Wärme gewährleistet war, in der Hoffnung, dass daraus Nachwuchs schlüpfen würde.

Die Haut des Bauches wurde vorerst eingesalzen und später zu Leder gegerbt, der Panzer des Rückens wurde ebenfalls eingesalzen und getrocknet. Er sollte dann später als Trophäe irgendwo aufgehängt werden. Die Echse wurde zur Gänze verwertet und schon in den frühen Abendstunden „aufgearbeitet". Das war auch notwendig, weil die tropischen Temperaturen die Verwesung beschleunigt hätten.

Schon nach wenigen Tagen schlüpften die ersten „neuen Haustiere". Insgesamt waren es dann sechs kleine Echsen in einer Größe unserer ausgewachsenen mitteleuropäischen Eidechsen. Jedes Kleintier hatte sein eigenes Gehege. Noch waren sie harmlos und erfreuten unsere Gemüter.

Eines Nachts sind sie ausgebüchst, sie waren verschwunden und gingen auf Entdeckungsreise. Auf diese Weise mussten sie das wahre Leben, da draußen im Busch kennen gelernt haben. Sie waren nicht wieder zu erkennen. Von den insgesamt sechs Exemplaren konnten wir nur mehr zwei einfangen und zurückbringen. Sie wurden in den wenigen Stunden der Freiheit zu schnappenden, bissigen Tieren, deren Zähnchen wie Rasierklingen scharf waren. Zudem sprangen sie pfauchend höher als einen halben Meter auf die Hand oder einen Gegenstand der ihnen näher kam. Sie machten keinen Unterschied, sie schnappten auf alles zu, was man auch hinhielt, und waren unberechenbar. Die Zeit des Streichelzoo's war damit zu Ende und diese Echsen eigneten sich nicht als vermeintlich harmlose Haustiere. Das waren Biester, die man in die Wildnis entlassen musste. Verpackt in eine Kiste mit Deckel entließen wir sie in die Freiheit am Fluss.

Somit ging unser Jagdabenteuer zu Ende. 20 Mann und ein Gewehr – eines hatten wir jedoch mit dem Gewehr gemeinsam – einen Knall.

Kakerlaken

Es gab natürlich nicht nur schöne Zeiten, um gute Laune zu bewahren. So war der Einstieg im neuen Land in Sambia in der Stadt Mufulira, die eine reine Bergbaustadt ist, schon etwas dornig und zählt nicht unbedingt zu meinen schönen Erinnerungen. Nicht, weil die Arbeit aufwendig und herausfordernd war, sondern weil zu diesem Zeitpunkt auch ein Desaster hereinbrach, das das Leben schwer beeinträchtigte und zeichnete. Am 25. April 1970 zerstörte ein Bergwerksunglück die Zukunftspläne vieler Familien. Mehrere hundert verschüttete Kumpels und Techniker im Untertagebau wurden Opfer dieses Unglücks – und 89 Bergleute fanden dabei den Tod.

Prinzipiell war es hier Neuland für mich, und ich hatte mich auf diese neue Situation einzustellen. Auch das Risiko war höher, aber der damalige Verdienst war verlockend auch Dinge zu tun, die ich heute nicht mehr riskieren würde.

In der Regel hatte jeder weiße Fachmann einige einheimische Schwarze, aber auch weiße Auszubildende unter sich, die eine Art Lehrzeit von bis zu 5 Jahren zu bewältigen hatten. Und diese vor allem schwarzen Arbeiter waren sehr bedacht darauf, dass ihrem „Herrn" nichts passierte, denn fällt der „Bwana" aus, konnte das das Aus für die Mannschaft bedeuten – und das hieß im Klartext – man war brotlos.

Barbetrieb und Gastwirtschaft in Chingola

All dies wurde mir erstmals so richtig bewusst, nachdem ich mein Gehalt, damals natürlich in Cash, in einem Kuvert mit Abrechnung bekam – und erstmals in einem Lokal diesen positiven Umstand nicht nur feiern wollte, sondern auch leicht über den Durst getrunken hatte. Insgesamt waren wir drei Weiße in einer vorwiegend von der schwarzen Bevölkerung besuchten „Drink-Hall". Natürlich lernt man auch das eine oder andere weibliche Wesen kennen und genießt es, umschwärmt zu werden. Die unerfahrene Jugend und der Leichtsinn verleiten oft zu Handlungen, die man unbewusst macht. Der Umgang mit mehr Geld war für uns Weiße ja fast Gewohnheit, und man machte auch kein Geheimnis daraus. Für die Schwarzen hingegen bedeutete es Reichtum und verleitete manchmal zu einem kriminellen Akt.

Die Nacht brach herein und es war Zeit aufzubrechen. Ich war zu Fuß unterwegs und hatte einen relativ weiten Weg zu meinem Zuhause zu bewältigen. Ich bewohnte zu dieser Zeit mein Haus allein, das von der Bergbaugesellschaft zur Verfügung gestellt worden war. Es war zu dieser Zeit stockdunkel, und die Straße säumte eine Menge älterer Bäume und ich ging fast alleine, - aber eben nur fast. Es folgte mir eine schwarze Lady in etwa 30 Metern Entfernung, und wenn ich stehen blieb, blieb auch sie stehen. Aufgrund der dunklen Hautfarbe und der doch sehr dunklen Nacht, machte sie sich kaum bemerkbar. Aber auch sie war nicht alleine. Es folgten ihr etwa 3 – 4 Gestalten, wie ich bemerkte. Arglos und ohne Angst ging ich weiter meinen Weg. Auf Schritt und Tritt folgten mir diese Gestalten, wie eine angeheuerte Eskorte, die mich beschützen sollte. Das ging bis zu meinem Haus so. Und bei Erreichen des Ziels waren diese Beschützer verschwunden und nur die junge Dame kam nun näher und fragte, ob sie eintreten dürfe – und ob ich den auch etwas für ihren Hunger hätte. Ich hatte – und wir betraten gemeinsam das Haus.

Diese junge Frau war etwa geschätzte 18 Jahre jung und bei genauerer Betrachtung sehr hübsch mit guter Figur. Wie sie hieß, weiß ich nicht mehr. Wir konnten eigentlich gleich miteinander, wahrscheinlich weil sie die bescheidenere von uns beiden war.

Wir betraten die Küche und ich drehte das Licht auf. In diesem Augenblick hörte man ein Knistern und Rascheln aus der Gegend der Anrichte, aber es war nichts zu sehen. Keine Spuren, nichts. Seltsam dieses Geräusch, das ich noch viele Male hören sollte. Es waren Kakerlaken, die sich offenbar sehr wohl fühlten und hier ein schönes ruhiges Leben führen konnten, war ich doch die meiste Zeit außer Haus. Ja, Küchenschaben zu haben, erfüllt alle Betroffenen mit „Freude", weil man diese Viecher nicht loswerden konnte und die Population ständig stieg. So lernte ich eben, auch mit solchen Tieren mein kurzfristig bezogenes Zuhause zu teilen.

Nachdem meine „Zugehfrau" gegessen hatte, ließ sie sich häuslich nieder und nahm am Boden ihren Sitzplatz ein. Erst bei Aufforderung, sie solle sich doch im Wohnzimmer in einen bequemen Stuhl setzen, nahm sie dort Platz. Sie schien sehr schüchtern zu sein, aber trotzdem irgendwie bestimmend. Schließlich eröffnete sie mir, dass sie hier bleiben und bei mir schlafen wolle. Mein Schlafzimmer hatte nur ein Bett, also wohin mit der jungen Lady. Abwimmeln konnte ich sie nicht. Ich konnte sie doch nicht zu dieser Zeit alleine in die finstere Nacht entlassen. Und außerdem war sie sehr hartnäckig, indem sie betonte, dass ein junger lediger Mann ja auch eine Frau brauche und deshalb sei sie hier, um mir die Zeit zu verschönern. Also daher wehte der Wind, da müssen aber die anderen geheimen Beschützer mitverantwortlich sein, dachte ich, und hatte Recht.

Die junge Dame sollte noch längere Zeit als „House-Girl" hier tätig sein und für mein „Wohlsein" sorgen.

In dieser Nacht war kein zweites Bett vorhanden, sodass sie neben meinem Bett auf dem Boden auf einem Teppich schlief. Auf meine Einladung, sie solle doch mein Bett benutzen, reagierte sie etwas verstört und deutete auf den Teppich am Boden, wo sie sich dann auch hinlegte und einschlief. Offenbar war sie kein Bett gewöhnt. In den nächsten Tagen kaufte ich ein Feldbett, damit sie es doch etwas bequemer hätte. Sie musste allerdings in einem anderen Raum schlafen, Platz war ja vorhanden. Und wenn sie schlief, dann schlief sie sehr gut. Um so einen Schlaf kann man nur jeden beneiden. Sie war auch eine sehr eigenwillige Person, die schnell von Begriff war, aber auch eine Willige, sodass ich mich rasch an sie gewöhnte. In einem Nebenhaus war ein Houseboy tätig, der sich um die Außenanlage zu kümmern hatte und auch gleichzeitig als Wachpersonal fungierte, weil ich durch die Arbeit bedingt, sehr wenig zuhause war.

In der kurzen Zeit in der ich in Mufulira war, hatte ich natürlich auch manchmal Besuch. Prinzipiell war damit kein Problem verbunden, nur argwöhnisch wurde meine Hausdame jedes Mal, wenn ein weibliches Wesen das Haus betrat, was natürlich vorkam. Das konnte schon manchmal zu einem Scheingefecht und Revierkampf ausarten, ohne dabei ein Wort zu verlieren – aber die Gestik konnte sie nicht unter Kontrolle bringen. Ich hatte nach so einem Besuch immer Aufklärungsbedarf, um sie zu beruhigen. Da hatte ich ihr auch zu erklären, dass sie nicht hier ist, um mir vorzuschreiben, wer hier die Herzensdame ist. Es konnte auch sehr oft anstrengend werden.

Die Zeit in Mufulira war nicht nur lehrreich und anstrengend zugleich, sondern zeigte auch sehr oft die Kehrseite der Medaille. Abgesehen von den Unglücksfällen, die hier Untertage passierten, waren auch die privaten Geschehnisse sehr oft mit Trinkexzessen und Krawallen verbunden, sodass man gerne das Klubleben in diversen Klubs bevorzugte und dort auch die meiste Freizeit verbrachte oder aber lieber arbeitete.

Arbeit war ja genug da und Facharbeit war sowieso gefragt. Doch mit Zunahme des Verdienstes stieg auch die Steuerabgabe, die dann den Höchstsatz von 62,5% erreichte und das Arbeiten wieder vermieste. In solchen Fällen verließ man am besten das Land und beantragte einen Steuerausgleich. Nur bis es soweit kommt, muss man erst einmal verdienen – und man hatte das Land gänzlich zu verlassen, um bei späterer Einreise neuerlich eine Einreise mit Aufenthalt- und Arbeitsbewilligung zu beantragen. Dazwischen mussten mindestens 3 Monate vergehen, um diese Prozedur neuerlich durchzumachen, - und man konnte das auch nur beschränkt, also wenige Male tun. Also hieß einmal nahezu ein Jahr durchzumachen und dann das Land zu verlassen und die Weichen für eine neuerliche Einreise frühzeitig mit der Firma, für die man arbeitet, abzuklären. Meist flog ich diese Zeit zurück nach Österreich und landete für kurze Zeit auch in den Städten Daressalam oder Nairobi, später in Nikosia, Athen oder Rom bis es weiter ging nach Frankfurt oder Stuttgart. Und erst von dort fuhr ich mit der Bahn in meine Heimat. Das waren schon tagelange Touren, die heute in wenigen Stunden zu bewältigen sind.

Nach wenigen Wochen des Aufenthalts in Mufulira wurde ich in eine andere Bergwerksanlage berufen. Es war das Städtchen Chingola, das sich zu diesem Zeitpunkt in bunter Baumblüte zeigte. Die Bäume waren in verschiedenstem Grün belaubt mit orangefarbenen und dunkelblauen Blüten versehen, die die Straßen säumten. Für einen Naturliebhaber das Richtige. Es war alles anders, auch die Leute. Es war viel offener und man konnte sich wohl fühlen. Eine Vielfalt an Hautfarben und auch Sprachen gab Auskunft darüber, dass man wusste, hier ist die Welt globaler. Auch wenn man die Gewissheit hatte, dass wir nicht in einem Kurort waren, sondern in einen der größten Kupferbergwerke der Welt, so empfand ich hier das Leben um einiges angenehmer. Hier habe ich auch die meisten meiner späteren Freunde getroffen, und selbst noch 2015 bei einer Urlaubsreise ins heutige Botswana traf ich ein englisches Ehepaar, mit dem ich diese vergangene Zeit nochmals in Erinnerung rief. Der Mann hatte im gleichen Bergwerk gearbeitet wie ich und so schwelgten wir in Erinnerungen am Ufer des Chobe-River in Kasane.

Hier in dieser Stadt schloss ich eine langjährige Freundschaft mit Arun Kumar Mandavia, dem ich auch in diesen Erzählungen einige Erinnerungen widmete und selbst mein Hausarzt, Dr. Ramkisson, gehörte ebenfalls der mir immer vertrauter gewordenen indischen Gesellschaft an.

Die Freizeit wurde auch oft in Privathäusern bei Abendpartys verbracht. Da gab es meist Whisky oder Gin mit Ale oder Tonic. Manchmal wurde man auch zum Rauchen verleitet.

Die indische Gesellschaft war gegenwärtig. Allen voran der einflussreiche Familienclan der Partel`s, der neben Textilbetrieben und Obst- und Fruchtverwertung noch andere Unternehmungen hatte, die ich nicht kannte. Somit gab es zwei Oberschichten, die politische Schwarze und die wirtschaftliche Weiße, die Mittelschicht bestand aus geschäftstüchtigen Farbigen und Indern, selten auch einheimischen Schwarzen. Die unterste Schicht bestand aus den Einheimischen unterschiedlichster Herkunft, mit einem doch noch sehr ausgeprägtem Analphabetentum. Wobei es immer mehr schulische Entwicklung gab und auch die einheimische schwarze Bevölkerung den Eindruck erweckte, dass sie sehr lernwillig und aufstrebend war.

Dr. Ramkisson war ein renommierter und anerkannter Arzt, der seine Arbeit sehr ernst nahm und umfangreiches medizinisches Wissen hatte. Er hatte stets sein Stethoskop dabei oder war mit diesem Abhörgerät beschäftigt. Und das meist bei sich selbst. Er hat sich ständig kontrolliert, abgehört und seinen Eindruck analysiert. Wenn man ihn so sah, konnte man glauben, der Mann muss sterbenskrank sein, so zerfahren wirkte er, so nervös war er auch. Er sagte des Öfteren zu mir, dass er bald sterben werde. Na ja, dachte ich – sterben müssen wir alle – der eine früher, der andere später. Aber er hörte sich ständig ab und verfolgte seinen Herzrhythmus, seinen Blutdruck und machte bei sich ständig irgendwelche Analysen, um dann festzustellen: „Ich werde nicht mehr lange zu leben haben". Es war irgendwie verrückt. Er machte mir immer richtige Diagnosen zu meinen anstehenden Problemen und „Weh-Wehchen" und verhalf mir zur richtigen Heilmethode ohne großen Medikamenteneinsatz. Im Zuge des Arbeitseinsatzes gab es naturgemäß unterschiedlichste Verletzungen oder auch Krankheiten, die durch Insekten oder Erreger entstanden. Er hatte immer das richtige Rezept.

Dr. Ramkisson selbst wirkte aber bei seiner eigenen Diagnose sehr hilflos. Er hatte nur einen Satz immer wieder parat: „Ich werde bald einen Herztod sterben." Ich dachte nur, der macht sich selber fertig – und gab ihm den Rat, er solle doch mit dem „Unfug" der Selbstdiagnose aufhören, weil er sich so selbst demotivieren und schwächen würde. Das sagte ich, der natürlich diesbezüglich keine Erfahrung besaß – nur eben logisches Denken. Ich, der jugendliche Noname erdreiste mich, einem Spitzenarzt zu sagen, was er tun oder besser nicht tun sollte. Er lächelte mich nur an, so nach der österreichischen Devise ‚red nua zua', fast etwas mitleidig – oder war es ein leidender Ausdruck? So genau konnte man das nicht sagen.

Wenige Wochen später sagte mir Mandavia: „Dr. Ramkisson ist verstorben - an einem Herzversagen". Da sage noch einer, seine Diagnosen hätten nicht gestimmt – nur – hat er sich selbst dazu gebracht und sich seelisch fertig gemacht – oder? Keiner weiß es, und der es hätte wissen müssen, lebte nicht mehr.

Die letzte Fahrt der Rosinante

Um auf diese Geschichte am Anfang dieses Buches zurück zu kehren. Was wurde eigentlich aus unserer „treuen Gefährtin" - unserer „Rosinante"? Nun, sie diente uns bis zum Ende ihrer Tage und deshalb noch nachstehende Geschichte zu ihrem Vermächtnis.

Also, wir hatten wieder festen und finanziell gefestigten Boden unter den Füßen in der Stadt Windhoek. Die Tätigkeit in der Privatpension, in der wir auch wohnten und freie Kost und Logis hatten, ging Ende Januar 1970 zu Ende. Die Handkassen waren wieder voll, nicht überfüllt, aber man konnte durchaus zufrieden sein. Herbert und ich sollten wieder regulär in einer Firma hier in dieser Stadt zu arbeiten beginnen, aber….tja, der Hafer stach uns und so beschlossen wir, nach Johannesburg zurückzukehren, um neue Herausforderungen zu suchen. Ist und war doch Johannesburg immer der Beginn einer neuen Ära, es ist der Ausgangspunkt für den Start in die Schwarzafrikanischen Länder oder eben für das Arbeiten in Süd- und Südwestafrika.

Der Entschluss war schnell gefasst. Wir „sattelten" unseren „Klepper" und beluden ihn mit Sack und Pack. Es waren ja nicht allzu viele Sachen, eben das Notwendigste – und das waren Kleidung, Pass, Papiere und das nötige Geld, um über die Runden zu kommen. Natürlich musste auch für Essen und Trinken gesorgt werden, nur musste der Proviant hitzeresistent und unverderblich sein. Es war ja afrikanischer Sommer.

So bestiegen wir unsere 3-Zylinder-Luxus-Karosse und zogen, nein, tuckerten, eierten gen Süden. Ein Scheppern bei jeder Bodenerhebung erinnerte an die Robustheit des Fahrzeuges und mahnte uns zugleich, doch etwas vorsichtiger mit unserer „Lady" umzugehen. Immerhin lagen etwas mehr als 1000 Kilometer an Wegen vor uns, die mehr oder weniger gut zu befahren waren. Rosinante hielt durch, wie wir es gehofft hatten, hatte aber dennoch oft einen „Streichelbedarf" in Form von Luftfilterreinigungen bei den staubigen Straßenpisten und bezog zudem Extrarationen, wie Motoröl und andere Schmiermittel neben den erforderlichen Pausen, die den Motor wieder die benötigten erträglichen Temperaturen brachte. Das verlängerte die Reisezeit erheblich. Und wer die afrikanischen Wege kennt, weiß wovon ich rede. Die Zeit war dabei nicht das Problem, schon eher das Durchhaltevermögen des Autos.

Die Fahrt ging durch das Land der Hottentoten mit der ersten Nächtigung in der Stadt Keetsmanshoop. Ein ruhiges Nest, das zugleich der Hitzepol dieser Gegend war und immer noch ist. Und wenn wir schon durch diese fremde Gegend zogen nahmen wir uns auch vor, die Sehenswürdigkeiten dieses Landes zu besichtigen. Deshalb sind wir am nächsten Tag aufgebrochen, um den Fish-River-Canyon zu besuchen, der immerhin der zweit-größte Canyon der Welt ist.

Fish-River Canyon in Namibia

Um einen Tag später noch das ausfließende Ende des Oranje-Flusses zu besichtigen mit der Ortschaft Oranjemund, die in der Alexander Bay liegt und wo der Fluss in den Atlantischen Ozean mündet. Der Weg dorthin war trocken, steinig und noch heißer als zuvor, – wurde an der Küste durch die Kühle des Atlantiks wieder verträglicher. Klimaanlagen gab's nirgends. Oranjemund ist kein Ort, der einem zum Bleiben einlädt. Ein Industrie- und Bergbauort, der vom Boom des Diamantenabbaus lebt und dementsprechend überwacht und kontrolliert wird. Also wieder zurück zur Hauptroute und einige hundert Kilometer mehr geopfert. Unsere Rosinante hat auch das verkraftet. Allerdings merkten wir, dass die Kraft schon sehr nachließ und wir ihr nicht mehr allzuviel zumuten durften.

Endlich erreichten wir Upington in Südafrika. Eine Fahrt durch Bergland wollten wir tunlichst vermeiden, aber das ließ sich nicht immer umgehen. So führte der Weg nach Kuruman und Vryburg, um schließlich in Schweizer Reneke, gute hundert Kilometer vor Johannesburg, zu landen. Das war die letzte Nacht, bevor wir unseren triumphalen Einzug in die Millionenstadt antraten. Na ja, „Triumphzug" war es keiner, aber wohler in der Haut war uns allemal.

Johannesburg liegt auf einer Höhe von 2000 Metern, und die musste Rosinante noch durchstehen. Hillbrow, der Teil der Stadt, dessen Bewohner sehr häufig deutschsprachig sind, wurde angesteuert. Rosinante schnaufte und pfauchte, um letztlich am halben Weg des Berges nur mehr ein Röcheln von sich zu geben. Wie schon so oft auf unseren Fahrten, stieg ich aus, um das Vehikel zu entlasten und nicht noch das Gepäck tragen zu müssen. Rosinante hatte sich wieder etwas erholt, ich torkelte hinterdrein, und Herbert steuerte und versuchte das Beste aus der Situation zu machen. Einige hundert Meter noch, dann waren wir am Ziel – im Deutschen Bierkeller. Der Deutsche Bierkeller war das Mekka der Deutschsprachigen in Johannesburg, wo man sich traf.

Wir haben es zu dritt geschafft, Herbert und ich und unsere wackere Rosinante alias VW-Käfer. Und wie es halt so ist, nicht nur Hunde müssen draußen bleiben, nein, auch Autos. Wir tranken einige Bierchen auf Rosinante. Dann trennten uns unsere zukünftigen Pläne und Vorhaben. Wir wollten uns zu einem späteren Zeitpunkt einmal wieder in Europa treffen, um unsere Erfahrungen auszutauschen, aber es kam leider nie dazu. Ein Kreis hatte sich geschlossen, und vor mir lag ein Lebensabschnitt, der für mich der an Ereignissen reichste meines Daseins werden sollte.